大島菊代
OHSHIMA Kikuyo

碧《あおき》天《みそら》

～樹《いつき》の杜《もり》の神子《みかんこ》～

文芸社

『碧天』～樹の杜の神子～＊目次

第一部　～細小《いささ》　群竹《むらたけ》～

第一章　日下《くさか》の御子《みこ》　小竹の男

何という名だったのか、今となっては、もう確かめる術がない。古さびて脆《もろ》くなった餔虫《むしく》いの文書《もんじょ》からは、彼女の名前を、もはや読みとることができない。

仮に、「斎笹《いささ》」と呼んでおく。

斎笹は、東国の小さな野木邑《のきのむら》と呼ばれる里に、寒さも窮まった冬至の日に生を享《う》けた。野木邑では、冬至の日に生まれた子女を「日下《くさか》の御子《みこ》」と称して、邑の外れに生い茂る大きな楡《にれ》をご神体とする「樹の杜《いつきのもり》」に奉仕させるのが習わしであった。冬至の日が、太陽が最も低く昼の最も短い日、即ちこれを越えれば再び太陽が甦《よみがえ》る「一陽来復」の日であることに因《ちな》む。

斎笹は神仕えの身であったが、これといった特別の神通力などは持っていなかった。ただ、先代の爺様《じじ》が教えてくれた暦《こよみ》の知識、……これを「日知り」（つまり聖）という……を以て、民の暮らしに必要な知恵を与えることができた。

「神子様《みかんこ》、今年の田圃は、いつ頃に始めたらよろしいでしょうか？」

「神子様、麦の種は、明日蒔《ま》いても良いですか？」

「神子様、生まれた赤子の名前を今晩つけようと思うのですが」

民の細かな問いかけに、斎笹はいつも、ひとつひとつ丁寧に答えてやるのだった。それが彼女の生業《なりわい》であり、日々の務めであった。

斎笹は今年、十六になった。もう、次の日下の御子は決まっていた。斎笹の六年後に生まれた男の子で、十歳の雪松《ゆきまつ》である。

雪松は、先代の爺様が未だ存命であった頃から、斎笹の許《もと》で見習いの修行をしている。斎笹はこの雪松を、時として弟のように可愛く思い、また時には後継ぎとして、厳しい眼差しで指導するのだった。


「神子様、今年は、ちと茜《あかね》の花が遅いようじゃ。秋も長引こう。暖かい冬が来ると良いがの」

朝のお供えを終えて忌屋《いみや》に帰ってきたところ、後ろから、不意に斎笹は声をかけられた。

「あら、これは黄川田《きかわだ》のご隠居様。足のお痛いのに、わざわざ……。どうぞ、お上がりになってくださいな。白湯《さゆ》でもお淹《い》れいたしましょう」

杖突きの老体を思い遣って、斎笹は忌屋の戸を快く開いた。

「忝《かたじけな》いのぅ」

老人はゆっくりと片足ずつ歩を進めながら、藁縄で綴《つづ》られた忌屋の戸を潜《くぐ》った。

忌屋は、日下の御子たちの泊まり屋であり、すべて白木を用いて造られているが、拵《こしら》え自体はいたって質素な小屋であった。

囲炉裏もない、土間を少し穿《うが》って爨《かまど》の代わりに設《しつら》えただけの表に、奥の板間がひとつ。板間は、神事などのときに用いる潔斎用の間と、普段の暮らしに用いる間とに、白衣《しらぎぬ》の帳《とばり》で隔てられている。

普段使いの褻《け》の間に腰を下ろしながら、隠居が言った。

「やはり此処《ここ》は、日下の御子様方の住まう場所じゃの。お陽様の光が奥までよぉく届いて、明るいこと。それに、粗雑なものが何処にもない。此処へ来ると、此方《こちら》の気持ちまで洗われるようじゃ」

そして、今しも白湯を運んできた雪松に向かって言った。

「まるで神子様のお心のようじゃ。雪松、そなたも神子様にしっかり倣《なら》って、立派な神子様、……いや、雪松は男《おのこ》じゃからの、立派な祝《ほうり》様にならんとのぅ」

雪松は小さく頷いて、隠居に白湯を勧めた。

「まぁ、ご隠居様のお世辞には畏れ入ります。何もないからでございますよ。畑の鍬も狩の弓もない、ただ殺風景なだけ。それでも、邑の皆が良くしてくださるから、こうして、お供え物に欠くこともなく暮らしてゆけるのですわ」

「いやいや。神子様が、お若いのに暦をよくご存知だから、邑の者も助けられておるのじゃ。それに、此処の神様は、本当に有難いお方でいらっしゃるからの。毎年川の水をお守りくださって、お蔭で、儂《わし》らの田畑も旱《ひで》りにも負けずに潤されておる。今年の田もよう稔《みの》って、……お供え物は、皆の感謝の気持ちじゃよ」

隠居は、有難いことじゃと呟《つぶや》いて、忌屋の中から、外の楡の大木に向かって手を合わせた。

「ところで、ご隠居様。今日は一体、どのようなご用向きでございましょう。ご隠居様ほどのご年季があれば、大抵の暦など、きっとご自分でお判りでしょうに」

お供えの道具を片付け終えて、斎笹は隠居の向かいに坐した。

「先程ご隠居様が仰いましたように、このような年には暖かい冬がまいりましょうが、時に大雪もございますから、そこは少し心配してはおりますけれども……」

ふと、藁縄戸を揺らして、風が忌屋へ吹き込んできた。斎笹の、紬《つむぎ》のような白い衣の袖《そで》にまでかかる長い黒髪を、一叢《ひとむら》の秋風が撫《な》でつけて過ぎてゆく。

「どうか、なさいましたか？」

斎笹の呼び水にもかかわらず、隠居は、すぐには言葉を発しなかった。暫時、風の吹きゆくのを静かに眺めながら、差し込む陽に目映《まばゆ》いばかりに煌《きら》めく白木の壁に向かって、じっと何かを考え込んでいるようだった。

さっきとはうって変わった隠居の表情に、斎笹は訝《いぶか》しく思った。

やがて、隠居が口を開いた。

「暦のことではないのじゃ」

「でしたら、どんな……?」

重く響くような隠居の声に、何か悪い話でも聞くことになるのではないかと、斎笹の心は不安に沈んだ。

果たして隠居が語り出したのは、最近、邑の近くに現れ出した奇妙な人々のことだった。

「この三月《みつき》ほど前からだったか、邑境の追越山《おいこしやま》に、見慣れぬ風情の集団が出没するようになってのぅ。まず彼らの身なりが怪しくての。着ている服から、泥で染め抜いたように真っ黒での。顔も墨を塗ったのか、すべて黒ずくめにしておる。数は二十人《はたり》ばかり、まだ幼い者も含めての。女子《おなご》もおるのじゃが、皆、髪を包《くる》んで垂らさぬようにしておる。まるで盗人か忍びの者かの如きでの。初めは、邑の者も、どこかから流れてきた乞食《こつじき》の群じゃろうと同情的に見ておったのじゃが……」

二月《ふたつき》前の、満月の夜じゃった。

月の明るいのに導かれ、芹沢《せりざわ》の忠ざが、浮かれて夜道を歩いておった。どんどん歩くうちに、三木野《みきの》あたりまで来てしまった。

これは遠くまで来てしまった、夜も遅い。その集落《さと》の弥兵衛《やへえ》さのところに一晩の宿を借りようと、戸を叩こうとして忠ざは手を上げた。

そのときじゃ。

忠ざの眼の前を、ひゅっと、黒い影が過《よぎ》った。

何じゃ、危なっかしいと思わず身を避《よ》けて、それから通り抜けたものに目を凝《こ》らしてみると、弥兵衛さの軒に素羽《しらは》の矢が立っているではないか！

慌てて弥兵衛さに声をかけて、黒い毛羽の矢を見てみると、文がついておった。二人とも文字を知らぬので、翌朝になって、名主《なぬし》の源ざのところへ行って訊《き》いてみると、そこには、とんでもないことが書かれておってのぅ。

矢文の主は、件《くだん》の黒ずくめの輩《やから》での。

自分らは、畏《かしこ》き〝烏羽玉《ぬばたま》の神〟を信奉する一団であって、日ノ本を隈なく旅しながら、各地で邑々の浄化《きよめ》をおこなっている。

今、この野木邑が穢《けが》れに満ちている。よって暫《しば》しこの邑に逗留して、浄化に努める。

我々は、新月の夜に祭をおこなう。ついては次の新月の夜に、矢の中《あた》った家にいる娘子《むすめご》を、烏羽玉神に捧げる犠《いけにえ》として我々に差し出せ。……こう、言ってきたんじゃ。

勿論、弥兵衛さは、顔を真っ赤にして怒った。そんな得体の知れぬ神になど娘は絶対に差し出さぬと、はっきり言い放った。

源ざもそれがよかろうと、皆でかの輩を無視するべく、腹を決めていた。

ところが、じゃ。

新月の晩、一晩中、弥兵衛さが娘子を抱いて手放さなかったにも拘《かかわ》らず、……夜が白々と明けようとする頃、俄《にわか》に娘子が苦しみ出しての。朝が来る頃には、可哀そうに、娘子は冷たくなっておったのじゃ。

弥兵衛さは真っ青になったが、表へ出ると、再び矢文が刺さっておっての。

祭が正しくおこなわれなかったので、烏羽玉神がお怒りになられて、娘子の命を取ってしまわれたのじゃと書かれておった。

この話を聞いて驚いた邑の者もいての。中には、弥兵衛さが約束を守らなかったから祟《たた》りが起きたのじゃと、かの輩の言い分を信じる者も出てきてしまった。

そして、次の月。

今度は、初馬《はつま》の太朗《たろ》さの家に、あの黒い素羽の矢が立ってのぅ。

太朗さは、重々悩んだ挙句、目の中に入れても痛くない末の娘を、言われたとおりに追越山へ連れてゆき、深草《ふかくさ》の森に置き去りにした。

神様の思し召しじゃから仕方がないと、自分に言い聞かせての。

十日後、太朗さの娘子と思《おぼ》しき骸《むくろ》が、麓の谷川で見つかった。憐《あわ》れに、鎖で交差《はすかい》に縛り上げられて、真っ黒に焼け爛《ただ》れての……。

かの輩が、祭とやらに焚《た》き上げて、その神に捧げたのじゃろう。そして、谷へ投げ捨てた。まだ年端《としは》もゆかぬ幼子《おさなご》を……。

惨《むご》いことをする。烏羽玉神など、禍神《まがつかみ》に決まっておる。そんな邪神を信じる者どもなど、すぐにもこの邑を去ってもらいたいところなのじゃが。

恐ろしいことに、この野木邑の若者の間に、その烏羽玉神を信奉する者が出始めたのじゃ。まだほんの数人じゃが、あろうことか邑を捨て、かの輩どもと行動を共にしたいと言い出したのじゃ。

これには、本当に驚いてしまった。

あのような禍々しい輩どもに、なぜ魅かれてゆくのか。

名主の源ざと、それから弥兵衛さや太朗さと共になって、考え直すよう必死で説得したのじゃが……。

まるで悪い呪《まじな》いにでもかかったかのように、彼らは、烏羽玉神こそ真《まこと》の神だと言って聞かぬ。

今度は自分たちが烏羽玉神のために祭をおこないたい、そこまで言うのじゃ。

弥兵衛さや太朗さが涙ながらに語って聞かせても、全く心に届かぬ風で、力のある神のところへ行くのだと言って聞かぬ。

困ってしまった。

「このような話、神子様に申し上げるのは何とも不憫《ふびん》じゃと、ずいぶん悩んでおったのじゃが……、ここまできたらもう致し方ないと、ご無礼を承知で相談に来たのじゃ。あの三人《みたり》の若者、遂に邑を出て行ったようじゃ。しかも明日は満月、またもやどこかに素羽の矢が立つのではないかと思うと、気が気でなくての」

隠居は居た堪《たま》れぬ風で、顎鬚《あごひげ》をしきりに摩《さす》った。

「そんなことが」

斎笹は俄に言葉が出ずに、うな垂れた。

ここ暫く、暦を問いに来る者も少なくなっているような気がしたが、邑では、こんな容易ならざる事態が起こっていたとは。

樹の神を祀る場として清浄を保持せねばならぬ処がら、村人たちは斎笹の許に、穢れに触れるような話柄《わへい》は持ってこないよう心がけていた。そのため、事実を知るのが遅れてしまったが、流石《さすが》に知らないで済まされる内容ではない。

隠居の苦悩は充分に理解《わか》る。烏羽玉神が何者であれ、このような狼藉《ろうぜき》は、決して認められるものではない。

況《ま》してや、邑を棄ててかの輩に追随《ついしょう》するなど、言語道断だ。邑の仲間内の哀しみを逆撫でするような真似が、どうしてその若者たちにはできてしまうのか。

しかし、恐るべき力を持っている神であるには違いない。

その神の力に魅せられて、幾多の者が、生まれ故郷を離れて邑々を渡り歩き、……そして、今またこの邑の者が、同じ邑の者を裏切ってまで、かけがえのない魂を捧げようとしている。

「この邑に生まれた者は、幸いにして生まれながらに、産土《うぶすな》の神である〝樹の杜の楡の神様〟のご加護を戴いていると、幼い頃から聞かされてまいりました。貧しくとも、心を清らに神様の御《み》前《まえ》に素直に在れば、必ずやお守りを添えていただけると。わたくしは日下の御子として、疑うことなくそう信じてまいりました」

「いや、まこと神子様の仰るとおりじゃ。この邑の者は元来、皆、そう信じて暮らしておる。春の祈年《としごい》の祭、梅雨《つゆ》の止雨《はれごい》の祭、夏の盛りの雨乞いの祭、秋の豊年祭。決してあり余るほどとはいえなくとも、断じて不足なきように、樹の杜の神様は、儂らの暮らしを守ってくだされて、邑の者はそれをちゃんと知っておる」

楡神様を拝みさえすれば平安を戴ける、と信じている野木邑の民の気の良さは、あたりの邑々にもよく知られていた。誰かを出し抜いてまで自分が立とうとする者はなく、素朴な民たちが、寄り添い合って穏やかに過ごしていた。

刺激はないかもしれない。派手やかな賑々《にぎにぎ》しさも縁遠いものかもしれない。平凡で退屈で、でも時にささやかな喜びが日々を潤して、誰《たれ》もが小さな幸せを感じることができる。

野木邑の暮らしは、華やかとはとてもいえないけれど、それでも、それで良いとさえ思えたなら。

平和で満ち足りた生活が送れる場所なのだ。

ただ。

「噂が、皆の中で独り歩きしているのですね」

斎笹は堪《たま》らない思いで呟いた。

野木邑の民の持つ、気の良さ。それは、この邑の特徴を表す性質ながら、一方で、如何にこの場所が食べていくのに本当は楽ではなかったかを意味する証左でもあった。

それは、ただ純粋に楽天的ゆえのものではなく、神様に縋《すが》り祈る暮らしを通して、何とか生きてゆく道標《しるべ》を見出そうとするからこそのものなのだ。

それゆえ、この人の良さは、屡《しばし》ば民の命取りともなった。ともすれば騙《だま》されやすく怯《おび》えやすい、小心な性分をも表していた。

即ち、得体の知れぬ神を信奉する怪しげな集団に、初めは警戒心を抱いても、その言葉が摩訶不思議に成就されるのを見聞きするたびに、かの輩の言うことのほうが真実なのではないか、と、考え直すようになる。

だとすれば、いっそかの輩に従ったほうが良いのではないかと、懐疑的になる。

やがて、……口に出すことこそなかったものの奥に潜んでいた、これまでの暮らしへの不満や不信感も、くすぐられる。

それで良いと思うことが、次第に難しくなってくる。

〝もっと！〟

〝より良く、より多く！〟

不安が、疑心暗鬼になった人々を、駆り立てていく。

力のある神こそが、真の神である。真の神こそ、自分たちを有益に導いてくれるはずなのだ。あるいは、力のある真の神に逆らっては、危険なのではないか。

迸《ほとばし》り出た奇妙な期待が、大きなうねりとなって、民を揺さぶりつける。

「まことしやかに烏羽玉神なる神の力を語る者どもがいて、その言葉を鵜呑みにして、平穏だった民の心が乱されているのです。流行《はやり》とは、これまでの当たり前を壊してゆくところに成り立つものですが、こういう、人の心が踏みにじられる形での流行とは、本当に厭《いや》なものですね」

斎笹の言葉に、隠居は深く頷いた。

「新しい神を信じるには、儂は歳を取りすぎている。儂は易《か》わらず、楡神様を信じておるよ」

「わたくしには、徒《いたず》らに新しい神を拒もうというつもりはございません。ただこのように、あまりにも無慈悲なさりようを看過《みす》ごすことは、神様を心から信じる道と、どこか食い違うように思われて」

斎笹は小さく溜息をついた。

「わたくしは、樹の杜の神様に祈ってみます。わたくしたちの邑の素朴な民が、外から押し寄せる新しき波に、無暗《むやみ》に押し流されてしまうことがないように。烏羽玉神が禍神であるならば、わたくしたちの神様が祓い清めてくださることでしょう。反対に、もし烏羽玉神が真の神であるならば、樹の杜の神様も、かの神に礼を払われることになりましょう。わたくしは、心を籠《こ》めて、邑のために祭をおこないます」

隠居は、二度頷いた。

そこで、ずっと黙って話を聞いていた雪松が、口を差し挟んだ。

「しかし、……もしや烏羽玉神の力が、禍神でありながら楡神様のお力に勝《まさ》っていたときには、私《わたくし》たちの邑はどうなるのでしょう？」

「そのようなこと」

あって良いはずがない。

しかし、若者たちが心酔するように、万が一、禍神の力に覆い尽くされるようなことがあれば、自分たちの邑はお終いだ。善良な民は、どこか小さくてか弱い。

斎笹は、心にかかる不安の雲を掻き払うように、大きく頭《かむり》を振った。

「そのときは」

そしてひと呼吸おいて、毅然とした口調でこう言った。

「わたしは、烏羽玉神に、一度会ってみたい」

次の夜、斎笹は祭の準備に取りかかった。

今宵もまた、どこかで素羽の矢が立っていなければ良いのだが……。

焦る気持ちを抑えながら、斎笹は明日に間に合うよう、必死で祭具を調《ととの》えていた。

「暗くなってしまったけれど、祭場を仕切る標《しめ》にする小竹《おたけ》を採ってくるのをすっかり忘れてしまっていたわ。すぐ裏の藪《やぶ》まで行ってくるから、麻苧《あさお》を榊《さかき》に結《ゆ》いつけておいてね」

雪松に言い残して、斎笹は外へ出た。

折しも、煌々と照りつける月の光が、祭を執りおこなう斎庭《ゆにわ》を、白々と浮かび上がらせている。

忌屋の裏手は小さな竹藪になっていて、祭に使う竹材を採るのに用いられていた。藪は、日下の御子の御留場《おとめば》になっており、邑の者でも、自余の者は濫《みだ》りに立ち入ることが禁じられている。

斎笹にとって、幼い頃より見慣れた藪ではあるけれども、今日のように、夜に立ち入るのは滅多なことではない。吹き過ぎる風に、葉擦れの音がさわさわと鳴って、斎笹はちょっと躊躇《ためら》った。

まるで、生き物のようだわ。

風に撓《しな》う茂みの躍動に、斎笹は改めて、夜の闇を感じた。普段は何気ない光景でも、こうして光の少ない中で見つめると、それ自体が昼間は隠し持っていた命の息吹《いぶき》のようなものが、だんだん滲《にじ》み出してくるような気持ちがする。

見えているものが、見えるもののすべてではないのだわ。

斎笹は唇を引き締めて、茂みの中に分け入った。

どこかで梟《ふくろう》の声がする。斎笹は、手早く数本の小竹を刈り取った。

あと一本《ひともと》、この一本だけは、祭場の中央に据えるため、いくらか背丈が必要だ。適当な小竹を探して、斎笹は少しばかり藪の奥へ踏み込んだ。

僅かに差し込んでいた月影も絶えて、鬱蒼とした茂みは、ひたすらに真っ暗になった。

三歩先もよく見えない。斎笹の足取りは慎重になった。

突如甲高い声を上げて、頭上で鴉《からす》が飛び立った。思わず体が竦《すく》んで、斎笹は抱えていた小竹の束を取り落としそうになった。

瞬間、

「きゃっ」

斎笹は小さな悲鳴を上げた。鋭い痛みに手をやると、腕《かいな》にぬるりとしたものが滲んでいる。

あっ……。

当惑したそのとき、背後でカサリと乾いた音がして、斎笹は二度驚いた。

「いやっ」

もしや鹿《か》か猪《い》でも現れたのかと、斎笹は強《こわ》ばった体で狼狽した。この茂みの中で追われては、自分の足ではひとたまりもない。

せめて灯《ひ》でも持ってくればよかった、と用意の至らなさを後悔しながら、ともかくも斎笹は駆け出した。

そのとき。

「小竹の葉は」

背後から不意に人の声がして、三度《みたび》、斎笹は息を詰まらせた。

どうして、……此処に人が。

斎笹はゆっくりと、でも反射的に、声のした方角を振り返った。

左手の、茂みの一段と高くなったあたりに、うすら白い影が、仄《ほの》かに揺らめいているように思える。

確かに、鹿や猪ではない。

人影だ。

斎笹は怪訝《けげん》に目を凝らした。すると、茂みから、涼やかな鈴の音のような声が降ってきた。

「小竹の葉は、見た目より切れ味が鋭いもの。扱う折は、気をつけたほうが良いでしょう」

「あの」

斎笹は勇気を以て問いかけた。

「あなたは、どなた様ですか？」

その言葉に導かれるように、人影はゆっくりと此方《こなた》へ歩み寄った。二人を隔《へだ》つ幕のようにそそり立っていた茂みが次第に開かれて、人影は、斎笹のすぐ眼の前にまで至った。

このような御留場にいるなんて、……人か、はたまた化生《けしょう》の者か。

斎笹は訝った。

「私《わたし》には、名告《なの》るような名はありません」

そう答えた男の顔を、斎笹は、はっきりと見取ることができなかった。藪は深く、木洩れ月は届かず、微かな息遣いだけが、互いの存在を示していた。

「この、野木邑の者ではありませんね？」

確かめるように、斎笹は問うた。男の声は、聞き慣れぬ声であった。

「ええ。昨日着いたばかりです」

「昨日……？　どちらから？」

「あちこち旅をしてきました」

「旅を……。では、もしや道に迷ってしまわれたのでしょうか。此処は御留場、禁足地です」

「それは知りませんでした」

「出身《おいたち》は？」

「陸奥國平泉《むつのくにひらいずみ》より」

奥州平泉。

斎笹は聞いたことがあった。数年前かの地で大きな戦《いくさ》があり、都からたくさんの兵《つわもの》が出て、立派な舘《たち》も柵《さく》もすべて灰に帰したという話を。この男も、戦で焼け出された者であろうか。

するとは男は言った。

「それより、手を出しなさい。せっかくの白衣《しらぎぬ》を血が染めてしまう」

男の言葉に、斎笹は、はっと我に返った。

「大丈夫です、すぐに戻りますから」

慌てて小竹を抱え直そうとして、斎笹は再び痛みに貫かれた。

「無理を言わずに。悪いことはせぬゆえ、少し辛抱していなさい」

言って、男は小竹を脇へ置いて、斎笹の腕を捲《ま》くりあげた。

「思いの外《ほか》深く切れたようですが、明日の祭には、差し支《つか》えないでしょう」

男は、背負っていた布包みから薬を取り出して斎笹の腕に塗り、手拭《てぬぐ》いを裂《さ》いて縛ってくれた。

この暗闇の中で、男はよほど夜目が利くのであろう。斎笹は少し恨めしかった。

「有難うございます」

斎笹は礼を言った。

「このような夜更けに、御留場とはいえ、女性《にょしょう》が一人で藪の中を歩くのは危ない限り。早く母屋《おもや》へ戻りなさい」

「仰るとおりです。でも、あともう一本、ひと回り大きな小竹を採らなくてはならないのです」

「では、手伝いましょう」

男は、脇の小竹の束を抱え上げた。

「右手奥に、良さそうな小竹を見かけました。それを使っては」

男の言うとおり、暫くすると、斎笹は手頃な小竹と出逢った。

「このくらいの大きさなら良いでしょう」

男は小竹をささと揺さぶって、音で斎笹に示してくれた。そして鉈《なた》で刈り取って、藪の外まで運んでくれた。

「本当に有難うございました。助かりました」

斎笹は小竹の束を受け取って、深々と頭を下げた。

「こちらこそ、掟破《おきて》りのこと、気にせずに済ましてもらえると有難いのですが」

「大丈夫です。他言はいたしません。それより、今宵まだ旅をなさるおつもりですか?」

いくら満月とはいえ、夜も遅い。見知らぬ土地を旅するのは、無理もあろう。

男の道行きを思い遣って、斎笹は尋ねた。男は答えた。

「此処は穏やかな邑ですね。あちらの山の麓に、ちょうど人一人が眠れる洞穴を見つけました。暫くそこに留まるつもりです」

男は追越山を指差した。斎笹は聊《いささ》か不安になった。

あの山は……。

「あの山には、少々気になる山賊が出るそうです。どうか、お気をつけください」

せめてもの忠告を籠めて、斎笹は告げた。

山賊ですかと男は繰り返して、それから斎笹を安心させるためか、こう言った。

「大丈夫でしょう」

少し笑って答えた男の顔に、月の光が差した。

斎笹は息を呑んだ。

月光に照らし出された道中笠姿の、田舎風情に似合わない、透き通った氷のように澄んだ瞳と、涼しげな目元と、高く通った鼻と、意志の強そうな、きゅっと引き締まった口元と。

そんな壮麗な顔立ちを、斎笹は、未だ嘗《かつ》て見たことがなかった。

爽やかな秋風が、斎庭を掃き清めてゆく。暖かな陽射しに、蜻蛉《あきつ》が三、四匹やって来ては、飛び去ってゆく。

雪松のうち振る鈴の音に合わせて、斎笹が榊を手に舞い踊っている。神事用の白い千早が、長い袖に風を含んで、廻るたびに光に煌めく。周りには、隠居をはじめ名主の源ざや邑の有志の者たちが、円陣を組んで見守っている。

斎笹は祈った。

……神様。

樹の杜の楡神様。

古《いにしえ》よりわたしたちの暮らしを見守り、支え続けていてくださる神様。

今、わたしたちの邑は、嘗てない危機に瀕しています。

外の世界からやって来た新しい神の名の下に、わたしたちの同志《なかま》が犠に捧げられているのです。

疑念《うたがい》が疑念を呼び、妄想《まやかし》が妄想を生んで、何が本当か、民が彷徨《さまよ》っています。

このままでは、わたしたちは、勢力《ちから》の強いもののほうへ、どんどん押し流されそうになります。

もう少しで、昔から変わらない大切な何かを見失ってしまいそうです。

どうか、神様。お願いです。

新しい波が押し寄せる中にあって、わたしたちに信じるべきものを教えてください……

斎笹の願いに合わせて、邑の者たちも祈った。皆で心をひとつにして、古き邑の神々に祈りを捧げた。

斎場を標《しめ》る小竹が、さやさやと静かにうち震えた。それは、恰《あたか》も邑人の祈りに応える神々の声のようで、邑人たちは一層樹の杜の楡神に心を注いだ。

お供え物が撤《さ》げられ、祭は滞《とどこお》りなく終わった。

すべて神様のみ旨《むね》の成りますがように……。

邑人たちが直会《なおらい》のためお供え物を分け合っていると、向こうから、誰かが叫びながら駆け込んできた。

「大変だぁ！　今度は、虎吉《とらきち》のとこの娘だぁ‼」

第三の素羽の矢の報せに、あたりは俄に騒然となった。

〝晦《つごもり》の新月の夜に神矢の選びし家の娘子を烏羽玉神への犠として捧げよ〟

矢文には続けて、こうあった。

「邑の浄化は少しずつ進んでいる。より浄化を早めるために一層強く信心せよ、だと」

「何を無茶なことを言いやがる。宇女《うめ》は、絶対に渡さねえ！」

虎吉は首を振り続けた。

「とはいえ、三木野の弥兵衛さのとこの例もある。ただでは済むまい」

名主の源ざは、深い溜息をついた。

「そんなこと仰らねぇで。嫌だ、嫌だ！　偶《たま》さか矢文に選ばれただけで、逃れられないなんて。……神子様、どうにかして下さい。宇女を、どうか宇女を守ってやってください‼」

着物の裾《すそ》に取り縋られて、斎笹は悩んだ。

まだあどけない宇女を守ってやりたいのは、自分とて同じ。だが、姿の見えない相手を前に、一体どうして庇《かば》ってやればよいのか。

「それならば、此処で一夜を明かしてみてはどうでしょう？」

思いがけない雪松の言葉に、隠居が頷いた。

「なるほど、忌屋に隠れるというのは一案じゃ。此処なら、楡神様もすぐお傍で守ってくださろう」

言下、

「それで宇女は必ず助かるじゃろうか⁉」

息を乱して、虎吉が皆に詰め寄った。

そうであってほしい。けれど。

「そうだ、神子様から、楡神様に頼んでください。宇女を守ってくださるように。神子様のお祈りなら、きっときっと、神様に通じるはずだ」

平身低頭して拝み伏す虎吉に、見かねて、横から源ざが口を挟んだ。

「神子様とて、一生懸命に祈ってくださる。だが、私たちには、かの輩どもの言う烏羽玉神の正体が判らぬ。あるいは、楡神様でも敵《かな》わぬことがあるやもしれぬ。そのことだけは、覚悟しておかねばなるまい」

「そんな」

虎吉はうな垂れた。

手放された着物の裾を目で辿《たど》ってゆくと、斎笹は、やるせない気持ちでいっぱいになった。

「……そのときは」

斎笹は俄に瞳を上げて、皆に言った。

「そのときは、わたくしが身代わりになります」

「……!!」

皆、驚いて言葉を呑んだ。斎笹は続けた。

「わたくしは日下の御子として生を享け、今日まで生きてまいりました。それなのに、三月前からこのような悲しむべきことが起こっていたのにも拘らず、わたくしには未《いま》だ、如何《どう》する術もありません。これで救いきれるのか判りませんが、犠を立てている以上、いくら烏羽玉神であっても、これ以上無体なことはなさらないでしょう」

「けれど、神子様……」

「できればわたくしは、かの輩なり烏羽玉神に会って、話をつけたいと存じます。この邑を、もう騒がせないでくださるように。仮に、かの輩の言うことが本当であって、わたくしが真に烏羽玉神へ捧げられるものならば、話をする機会はきっとあるはずです」

「けれど神子様……」

「わたくしに何かあっても、雪松がいます。日下の御子がいる以上、この邑はきっと大丈夫です」

強く言い放って、斎笹は自分自身に言い聞かせた。何があっても、自分が宇女を守るのだと。


間もなく、晦の夜明けが来る。

宇女を囲う納戸も造った。忌屋には白い標を張り巡らし、外回りにも四重の斎垣《いみがき》を建ててある。戸口には白酒《しろき》と白米で結界が張られ、忌屋へ至る道も塩《おしろもの》で清められている。邑の要所要所にも目の細かい籠が吊され、塞《さえ》の神《かみ》の祭も済ませた。

宇女のために、できる限りの用意はした。朝《あした》になれば楡神様の祭を行い、最後の準備もするつもりでいる。

しかし……、

斎笹はなかなか寝付けなかった。

怖い、と自分の心の臆病を認めたくはなかった。認めれば、宇女を襲う大きな波に呑み込まれてしまいそうで、斎笹はじっと唇を噛んだ。

でも、怖かった。明くる日の朝、二人は一体どうなっているのだろうと思った。

雪松に気づかれぬように、斎笹は寝床をそっと抜け出した。外は、昨宵《ゆうべ》から激しい雨が続いている。

真っ暗な中、斎庭へ出た。

これだけ雨が落ちていれば、獣も鳥も、巣でおとなしくしているだろう。斎笹は雨避けの薄絹を被《かぶ》って、ご神体である楡神様の許へ歩いた。

どんなに暗闇でも、楡神様の場所だけは判る。

戸を出て、どちらの方角へ約《およそ》何歩。これまで幾度《いくたび》、御前《みまえ》に赴いたであろう。すっかり体が覚えていて、斎笹は迷わなかった。

雫の音が変わる。

楡神様は今宵しも、大きな腕《かいな》を広げて、小柄な斎笹を待っていてくださる。

幼い頃から、いつも近くにいてくれた存在。時には、父のように頼もしく思い、時には、母のように温かく感じてきた。

暦の判断に迷ったり、失くし物をしたり、自信を持てないときには、穏やかな枝葉の囀《さえず》りで慰めてくれる。嬉しいとき、悲しいとき、いつだって最後に還れる場所。

……楡神様。楡神様。

わたしにできることには、あと何がありますか？

斎笹は、年老いて神さびた楡の大樹を見上げた。ぽたり、ぽたり、雫が落ちて、涙のように斎笹の頬を滴《したた》った。

楡神様は、烏羽玉神をお認めになられるのだろうか……。

斎笹は樹の杜の神々の心を探った。

もし明日、烏羽玉神の力が拮抗した場合、自分は何をすれば良いだろう。どうすれば、宇女を守れるか。この邑を、守り通せるか。

古木は何も答えない。斎笹はじっと佇んだ。

と。

「夜明け前が最も闇が深いというのに、一人で徘徊《たもとおり》ですか？」

不意に声をかけられて、斎笹は楡の木から視線を移した。雨音に耳を盗られて近づく気配を感じなかったが、聞き覚えのある声だ。

「まだ、この邑にいらっしゃったのですか」

「この邑が気に入ってしまいましたから」

このあいだの小竹の男だ。

「先日は、何かとお世話になりました」

感謝の記憶から頭を下げてはみたものの、斎笹は次の言葉に詰まった。一には、降りしきる雨に男の姿を見定めることができず、二には無論、宇女のためにである。

その様子に、

「如何《どう》かしましたか？」

男が怪訝に尋ねた。

「いえ……」

斎笹は躊躇い、視線を落とした。とはいえ、まさに鼻を摘《つま》まれても判らないほどの闇夜に、斎笹の眼差しは、宙を舞ってゆくかの如く呆然と所在を失った。

「明日は、何か特別の儀式でも執り行われるのですか？」

男の言葉に、はっとして斎笹は息をついた。

「どうして、お判りになられたのですか？」

「此処が祀《まつ》りの場であることは、予《かね》て聞きました。しかし今宵は、先日此方へ来たときよりも、ずっと厳しく斎戒が敷かれています。此処へ至る道程《みちのり》にも、道祖の神がたくさん祭られていましたし、今この場所にも、幾重もの七五三縄《しめ》が張られていますから」

斎笹は深い息を溜めた。

「本当に、夜目がよほどお利きになるのですね。明日は、此方の楡神様のお祭なのです。わたしたちの邑を守ってくださる大切な神様の。ですからその準備を……」

「しかし、祭という響きからは、凡《およ》そ遠い支度に見えます。賑わいを待つよりも、まるで何かに怯えているかのように。籠城《しろごもり》でもするつもりでしょうか？」

男の科白《せりふ》に、

「怯えて……、見えますか？」

思わずに呟いて、斎笹は自らの胸に手を当てた。自分は、宇女を守るため強い心を奮い立たせてきたつもりだったが、男の指摘に、俄に自信が揺らぐのを否むことはできなかった。

「仰るとおり、確かにわたしたちは、籠もるのだと思います。この忌屋に。それが、明日のお祭の一番大事な祭儀なのです」

「なるほど、祭でお籠もりをすること自体は珍しいことではありません。ただ、どうやら明日のお籠もりは、お目出度いものではなさそうですね」

斎笹は、もはやこの旅人《まろうど》に隠しきれるものではないと観念して、口を開いた。

「あなた様は、追越山の洞に寝泊まりされていらっしゃるとか。先回もお話しいたしましたが、あの山には厄介な輩が住みついているのです」

「確か、山賊が出ると」

斎笹は手短に、この間の流れをうち明けた。

「……ですから、明日は宇女を守るため、楡神様にお願いをし、忌屋に籠もり明かすつもりなのです」

男は黙って斎笹の弁に耳を傾けていたが、

「その手段《てだ》てで、守りきれるでしょうか？」

凛とした問いかけが、斎笹の胸に突き刺さった。

「冷たいことを言うようですが、それほどの輩ならば、この程度の仕掛けでおとなしく帰ってくれるとは、とても思えませんが」

「わたしも、それを懸念しているのです。わたしたちにできる準備は、もうすべてしてしまったと思うのに、どうしても不安が拭《ぬぐ》いきれない……。それは、まだ不充分だということに、わたし自身が気づいてしまっているからのように思われてならないのです」

何が、まだできるのか。

そう考え始めたときには、既に、これまでしてきたことの不完全さを認めているような気がする。

だからこそ、次の「できる」を探して、そこを知りたくて、自分は堪らず楡神様の許へやって来てしまったのだろう。

「こなたは、もしその宇女という童女《わらわめ》を守りきれないときには自分が身代わりになると、そう約束したのですね？」

男は確かめるように問うた。斎笹は深く頷いた。

「そのようなことが可能なのか、かの輩に通じるのか、本当は判りません。でもわたしは、宇女を守ってあげたいのです」

本当は。

宇女だけじゃない、弥兵衛さのところの娘も、太朗さのところの娘も、……邑に生まれ育ったすべての娘たちを、自分は守ってやりたかったのだ。

この邑に住むすべての者たちが平和に暮らしてゆけるのなら、自分の小さな我儘など、すぐに昇華してしまうに違いない。

それが、樹の杜に仕える日下の神子としての自分の存在意義なのだと、斎笹は自覚していた。

「そうですか」

男は小さく頷いて、そしてこう言った。

「では、まず、血の結界を張りなさい」

「血の、結界……？」

斎笹は訝った。

通常、聖域と世俗との間に結界を張るに当たっては、神酒《みき》や塩などで、境界線を祓い清めるということが屡《しばし》ば行われる。それは大凡《おおよそ》、その場所に、清いものの力を借りて聖なる霊性を与え、魔を追い払うためである。

ところが、血の結界とは。血とは穢れの最たるものであり、最も忌むべき次なるものではないか。

だが男は淡として諾《うべな》った。

「そう、血の結界です。既にこなたらが懼れているとおり、かの輩は、此方の神々とは性質《さが》の異なる存在なのです。そうした邪《よこしま》な輩に対しては、毒には毒を以て制する心構えがなければ、守ることは適いません」

「蛇の道は蛇、ということですか。血とは、わたしのもので良いのでしょうか」

「こなたのもので構いません。純粋で穢れを知らない未通女《をとめ》の血ほど、強力な結界となりますから」

少し戸惑いながらも、宇女を守れるものならばと、斎笹は心を決めた。

「どうすれば良いのでしょう？」

その声音の変化に、男も気づいたようだ。

「少し痛む業《わざ》ですが、その気持ちがあれば辛抱できるでしょう」

すると、俄に目の前に明かりが燈った。男が小さな松明《たいまつ》を手にしている。目が慣れていないので、斎笹は光に眩《くら》んだ。

「この護り刀を使いなさい。刀身を両の手で握り締めて、刃を伝う血潮で結界を張るのです。忌屋の周りを途切れることなく、隈《くま》なく標《しめ》なさい。くれぐれも、夕陽が沈んでから真っ暗になるまでの間におこなうように」

男は片手で刀をさし渡した。光の中で受け取った護り刀は、手にずしりと重かった。

「それから、明日は、宇女には決して何も食べさせないこと。こと、陽が沈んでから朝陽が昇るまでの間は、譬《たと》え水であってもひと口も喉を通してはなりません」

「解りました」

「万一、禁が破られたときには、命の保証はできません」

斎笹は頷いた。それを確かめて、男は言った。

「最後に、この青竹の小枝を一輪譲ります。明日、……これだけ準備してはありますが、もしも何かおかしなことが起こったら、その護り刀の柄《つか》にこの枝を挿し立ててください」

「これは？」

男は、そっと笑って答えた。

「お守りです」

秋も酣《たけなわ》のこの時期に、瑞々しい竹は良い香りがした。

「無事に朝を迎えられると良いですね」

「有難うございます」

斎笹は深く頭を下げた。

そして、心の裡で秘かに考えた。

自分は、誰かに聴いてほしかったのかもしれない、と。

自分の中にある、弱い心や迷い、不安を。

立場上、唇を噛み締め堪えながらも、本当は、隠しきれずに抱いていた想い。

初めから助言を求めていたわけではないが、それでも、迸り出そうな苦悩をどう始末して良いかさえ判らず、どこかでずっと「こたえ」を求めていたのだろう。

答え、でなくても良いから、誰かの応えを。

「お蔭様で、心を強めることができそうです。明日は必ず宇女を守り通し、そして生き抜いてみせます」

「何事にも完璧なものは有り得ませんが、……ぜひ生きてください」

ふと、斎笹の心の中で、小さな雫が弾けて落ちた。

誰かから〝生きて〟と言われたのは、初めてだった気がする。

「……はい」

「では、これで今夜はお暇《いとま》します」

男は笠をちょっと下げて、あちらへ向き直った。

「あのっ‼」

思わず、斎笹は声を上げた。歩きかけた足を止めて、男が振り返る。

「何でしょう？」

「あの……。わたしは以前、断られているのですが。やはり、お伺いしておきたいのです、あなた様のお名前を」

勇気を振り絞るようにして、斎笹は問うた。

「遙か東《あずま》の地では、同じ村の生まれか嫁ぐ者にしか、名を明かさない土地があると聞いてはいます。けれど……。これほどまでお世話になっておきながら、その恩人の名も知らず、あるいは、明日になれば……。もしやこの世の外《ほか》の思い出となるならば、どうぞ、わたしに、あなた様のお名前を教えておいていただきたいのです」

在らざらむ　この世の外の　思ひ出に　今ひと度《たび》の　逢ふこと　もがな

和泉式部　『後拾遺和歌集』十三　恋三　七六三

男は静かに、けれど繊《しなや》かに返答した。

「恩に着せるつもりはありませんが」

「けれど……！」

斎笹はつい大きな声を出した。男の気遣いは嬉しい。けれど、このままでは済まないような気がして、なぜだか堪らなくなったのである。

奇妙なものだ、と斎笹自身も思う。自分には恩を返せる約束もないのに、しかし、せめて知っておきたくて。

否、いつか何か形にして返したくて、つまりはきっと生きていたくて、……その想いが言葉に溢れてしまったのだろう。

「失礼は承知です。どうかせめて、思い出の端に摑めるように、冥途の土産《つと》にお願いいたします」

男は軽く首を振った。斎笹の思いの強さに観念したらしい。

「それではこう呼んでください。〝くらがりの篁《たかむら》〟と」

「くらがりの、篁……?」

「そう。こなたと出遇った場所です」

そう言うと、男は闇の中へ消えていった。小さな松明の燈が遠ざかって吸い込まれていくのを、斎笹は見送っていた。

不思議な人だ、と斎笹は思った。

彼はどうしてこの邑に居着き、何処《いずこ》へ帰ってゆくのだろう。やはり、あの山を目指すのだろうか。あの、追越の山を。

斎笹はもう一度だけ、楡神様をふり仰いだ。神様は、ぽたり、ぽたりと、変わらず雨を零《こぼ》しておられる。

明日は、絶対に、宇女を守るのだ。そして……。

斎笹は強く拳を握り締めた。

先程とはうって変わって、楡の大樹から降り注ぐ雫を、斎笹は温かいと思った。希望が、自分たちを待っていてくれるような気がする。

雨の中に佇む掌《てのひら》に、護り刀と青竹の重さが頼もしくも感じられていた。

第二章　禍神《まがつかみ》

山入端《やまのは》に、入陽が沈む。

陰暦葉月の晦。新月の空は、思いの外に暗い。

肌寒さを感じるこの仲秋の夕陽は、この先のどんな因縁を示すのか、あの追越山の涯《はて》に暮れていった。

「それでは神子様、戸を鎖《さ》しますぞ」

名主の源ざの、重く野太い声が響く。

「はい」

斎笹は静かに、けれども力強く頷いた。

「よろしうお頼み申しますじゃ」

繰り返し、幾度も繰り返して、虎吉夫妻は頭を下げた。斎笹はもう一度、深く諾った。

あるいは、自分自身の肝に諭《さと》しかけるような気持ちでもあったかもしれない。

普段は、誰しもが入れるよう緩やかな藁編みの布《きれ》が垂れ下がっているだけの忌屋に、今宵は、大きな板戸が打ち付けられる。その上に重い漆喰が塗られ、戸は、隙間なく固められていく。更には外からも、白い標で幾重にも戒められて、忌屋は鉄壁の衛《まも》りとなった。

最後の清めは、邑の為来《しきた》りに詳しい黄川田のご隠居が、神酒と榊の玉串で修めてくれた。

なお、雪松は念のため、今宵一晩、源ざの家に宿を借りている。況《いわん》や、日下の御子を絶やさぬためである。

すっかり閉ざされきった忌屋の内で、斎笹はそっと、宇女を抱き寄せた。

あとは、自分たちを信じるしかないのだ。斎笹は、腕の中に小さくなって震えている宇女を不憫に思い、改めて心に誓った。

大丈夫、きっと大丈夫……。

忌屋は、この半月の間に、村人たちの手によって、塗籠《ぬりごめ》のように厚い壁で覆われていた。小さな、ちょうど人差し指で輪を作ったほどの、細《ささ》やかな灯り採りのための天窓がひとつだけ拵えてあるが、暦は新月の夜のため、僅かに注ぐ星たちの明かりだけでは、忌屋の中は暗かった。

忌屋への通り道に清めの神酒が撒《ま》かれていく、その足音が去っていくのを、聞き耳を立てて遥かに追いかけながら、斎笹は宇女の気持ちを想って、気の毒さに心が張り裂けそうになっていた。

今朝しも、楡神様へ、最後のお願いの祭をおこなったときのことだった。

名主の源ざの提案で、楡神様に「物問い」をすることになったのだ。予め神様にお伺いを立て、そのご意向を知り、ご加護を受けやすくしようという呪術的儀式である。

実のところ、源ざの心中には、できればこの結果を「吉」と出し、虎吉や邑の者たちを安心させたいという算段《こころづもり》があった。

だが。

水卜《みうら》の素焼皿《かわらけ》の上に浮かべられた楡の木の葉は、大方の願いとは裏腹に、烏羽玉神はやはり禍神であり、しかしながら楡神様のお力はその神に如《し》かないという神託を示していた。

「宇女はどうなるんじゃっ⁉」

激しい言葉の勢いに、幼い宇女は怯えた。具《つぶさ》な成り行きまでは知らずとも、宇女とて自身の身に迫る危機については充分承知していた。幼気《いたいけ》な胸の奥でどんな気持ちに苛まれているのだろうと、斎笹は身を切られるような心地がして、何とかして宥《なだ》めてやらなければと気が急《せ》いた。

大丈夫よ、大丈夫……。

「お姉ちゃんが、ちゃんと守ってあげるからね」

そう。水卜は「如かず」と出ただけ。まだ、破れるとも叶わずとも、決まったわけではない。わたしは、楡神様にお仕えする神子なのだから、神様のお力がより益《ま》すように働きかけて、楡神様が禍神にうち克ってくださるようお支えしなくては。

斎笹は、小さな宇女の肩をしっかりと抱いて、何度も「大丈夫よ」と繰り返した。

邑では、名主の源ざや虎吉たちが、夜通し松明を焚いて、明かりを絶やさぬようにしている。

主な邑への入り口には、見張りも立てた。

みんな必死だった。

「できる限りのことは、どんなことであれ、何でもしよう」

源ざは、はっきりと言った。


斎笹は思い出していた。

夕陽が沈んでから真っ暗になるまでの間、いわゆる黄昏時《たそがれどき》のこと。約したとおり、忌屋の周りに、血の結界を張った。神子としての舞衣を脱ぎ棄て、白衣に捩襠《ねじま》袴《ち》、白帕《しろはちまき》の「戦装い《いくさ》」を纏《まと》った斎笹の手から、滔々と滴り落ちる鮮やかな深紅に、せっかく清めた場が穢れてしまうと、慌てる者が幾人か出た。

斎笹の真剣な表情に、何か事情があるのだろうと察した隠居が、仲裁に入ってくれた。

「神子様がなさることだ、必ずや、無益な行いではあるまい」

その言葉に、名主の源ざが頷いた。

「そうじゃ。こうなってしまった以上、私たちは、己のできる限りを尽くすまでのこと。それが命を繋《つな》ぎうるものならば、どんなことであれ、何でもしようではないか」

そう話している間にも、あたりはどんどん暗くなってゆく。一面の群青色が、斎笹たちを包み込む。

「夜になってしまう前に、すべてを済ませねばならぬぞ！」

人々は追い立てられるようにして、それぞれの持ち場へ散ってゆく。斎笹も、失せていく血の気と闘いながら、一生懸命になって、忌屋ひと回りを清め尽くした。

「毒には毒を、か」

傷口に晒《さら》しを巻きながら、斎笹は紺色の空を見上げた。

逢魔が時、とはよく言ったものだ。まさに今夜、自分たちは、何物か魔物と遭遇しなくてはならない。しかも、毒を以て制するのだとはいえ、逢魔が時の語源は、大禍時だとも謂《いわ》れている。

次の最たる血潮を以て、一日のうちで最も禍の気が高まるこの夕暮時に、呪《まじな》いをかける。

ふと、斎笹は、後ろの楡の木を見遣った。

「楡神様は、ご無事でいらっしゃるかしら」

……いえ、今はとにかく、信じよう。わたしにできることは、もはや、疑うことではないのだから。

斎笹は、どんなことでもしようと言った、源ざの力強い言葉に背中を押されて、時間が許すうちに籠もるため、忌屋の戸を潜った。


夜は更けていく。

もし月があったなら、ちょうど天心の頃だろうか。腕の中でおとなしく丸まっていた宇女が、もそっと動いた。

「どうしたの？」

斎笹が問いかけると、宇女は小さく頭《こうべ》を打った。

「お水、欲しい……」

戸が閉められてからずっと、宇女の頬は涙に濡れていた。斎笹が拭《ふ》いてあげても、何度でも宇女は大きな粒を零した。

きっと体中の水が涙に変わってしまって、水気が足らなくなってしまったのだろう。

事情は、解る。でも。

「ごめんね、朝まで辛抱してね」

斎笹は優しく言った。宇女は首を振った。

「辛抱、してたもん」

そう、だよね。だいぶ時間が経っているものね。

「お姉ちゃんも辛抱するから、一緒に我慢しよ」

宇女は二度首を振った。

「もう、お喉が痛いよ」

掠《かす》れきった声が、震えて裏返りそうになった。ずいぶん辛抱を重ねてきたのだろうな、と斎笹は感じた。

「あのね、宇女さ。お水が欲しいのは解るけれど、今夜は駄目なの。もし今夜お水を呑んだら、死んじゃうかもしれないんだよ」

「……死ぬのは、嫌」

「でしょう？　だから、もうちょっとだけ、辛抱しようね」

宇女は暫く黙りこんだが、また少し経つと水をせがんだ。

「今呑まないと、死んじゃいそう」

「そんな我儘を言っちゃいけないわ。お水を呑んだら、今よりずっと辛いことになっちゃうんだよ？」

「だけど、お喉がカラカラだもの」

時刻は、丁夜《しこう》の刻に差しかかったばかりであろうか。明け方までは、まだ四、五時間ある。

「あすこに、お水あるんでしょう？」

宇女は忌屋の水甕《みずかめ》を指差した。

確かに、そこには楡神様にお捧げするため、渓《たに》の岩清水から汲んできた御神水が入れてある。

神様の、お水。

「神様のお水なら、大丈夫でしょう？」

よほど喉が渇いて堪らないのだろう、催促するように斎笹にねだった。

「確かに、神様のお水だわ」

いつもなら、こんなに喉を渇かしている幼子のためになら、神様にひと言お願いをして、頒《わ》けていただくに違いない。

ただ……。

自分たちは、仮令《たとい》水であってもひと口も喉を通してはならない、と言いつけられている。

神様のお水であっても、……水は、水だ。

「朝までは、我慢しなくちゃっ」

斎笹は心を鬼にして言った。その厳しさに、

「神子様の、意地悪ッ！」

宇女は、斎笹の胸をトントンと叩いて憤《むずか》った。

仕方ないよね。

駄々を捏《こ》ねる宇女をもう一度しっかり抱き上げて、斎笹はぎゅっと、きつく抱え締めた。宇女はそれでも四肢をバタバタさせていたが、やがていつしか、疲れきったようにおとなしくなった。深い寝息が、斎笹の耳元に届いた。

お願い、いっそこのまま、朝までこうして眠り続けていて。

宇女が静かなままでいられるように、……そう、何事も起こらぬままで、静かに朝が訪れると良いのに。

斎笹は祈りながら天井を仰いだ。天窓は暗く、もうかなりの時間を過ごしたと思っているのに、暁はまだまだ遠かった。

夜が、こんなに長いなんて。

秋だから当たり前なのかもしれない。それでも、夜が更けていく速さと、こうしてじっと向かい合って過ごしたことは、これまで滅多になかったように思われる。

今宵は、邑の皆も、共に夜を明かしてくれていることだろう。野木邑にとって、嘗てなく長い、この夜。あの追越山では今、一体、どんなことが起こっているのだろう。

宇女の眠りを妨げぬよう微かな声で、斎笹は、昔聴いた子守の童《わらわ》が口ずさんでいたあやし唄を歌った。

いざや　いざや……　童子《わらしこ》　寄され
常磐《ときは》の花咲く　春の野辺

あの川　越えて　渓　越えて
峠の彼方に　在るといふ

手向《たむけ》の　向かうは　花の郷《さと》
常磐の花咲く　春の郷

……行けば戻れぬ　鬼の郷

闇の静けさに、ふと眠気を感じて、斎笹は微睡《まどろ》みかけた。前日までの疲れもあった。

そのときだった。俄に、数人《すうたり》の慌ただしい足音が、境内に響き渡った。

「だ、誰っ⁉」

斎笹はすぐに身構えた。宇女も既に目を覚ましている。

バタバタとした足音が、忌屋の戸に近づいてきた。今朝方まで降り続いていた雨に未だ泥濘《ぬかる》んだ玉砂利が、激しい音を立てている。よく聞き取れないが、何か小声で話しているのも判った。

斎笹は慌てて、火打石を擦《す》った。

「眩しいよ、神子様」

宇女が目を手で覆い隠したちょうどそのとき、表で大きな悲鳴が響き渡った。

……結界を踏んだのね！

正体不明の敵を前に、さして当てにできない気休めの魔除けかと思ってはいたが、いくらかの効験《しるし》はあるらしかった。結界が反応したからには、足音の主どもは、かの集団に違いない。

名主の源ざに持たされた一本の木太刀《きたち》を、斎笹は急ぎ構えた。

いつ、来るか……？

相手が足止めを喰らっているその間に、手が滑らぬよう、白粉《おしろい》の粉を太刀の柄《え》に擦りこむ。

「宇女さ、納戸に隠れていて！」

扉から目を離さぬように気をつけながら、納戸の奥の、七五三縄で編んだ籠の中へ潜ませる。

忌屋もまた、厚く塗り固めているとはいっても、俄拵《にわかごしらえ》の塞《そな》えである。扉が破られてからのことも、考えておかなければならない。

足音どもは、一旦は辟易《たじ》ろいだものの、すぐに何か重たいものを抱えて出直してきた。暫時、ひそひそと話し声がしたのち、忌屋は大きな音と共に、左右に激しく揺さぶられた。

撞木《しゅもく》で扉を押し開けようとしているんだわ……！

突入に備えて間を取りながら、斎笹はそっと、祭具を置いた案《あん》の上に手を伸ばした。ずしりと重いその護り刀を、斎笹は素早く懐へ仕舞い込んだ。

……もしものときは、この隠し刀を使ってでも、必ず宇女を守り抜く。

やーという掛け声と共に、忌屋は幾度も軋《きし》んだ。このままでは、籠城は破られてしまう。かの集団の中には、邑を出て行った者たちが交じっている。きっと、見張りのいない獣道《けものみち》を教えてしまったのだろう。

援けは来ない。どうやって闘う……？

二十度《はたび》か、三十度《みそたび》か。足音どもは、何度でも繰り返して、扉を衝き続けた。彼らは、休みさえしない。

そのうち、表の生乾きの漆喰が耐えかねたのか、めりめりと音を立てて、罅《ひび》割れてしまった。

「人柱を寄越せー！」

外から、聞き覚えのある声がする。やはり、邑の若者が含まれているらしい。

遺憾の思いに堪えながら、斎笹は木太刀にぐっと力を籠めた。

程なく、円い穴が大きくひらいて、忌屋に風が吹き込んできた。

忌屋は、外界と繋がった。

「宇女さは、此処にはおりません」

斎笹は、凛とした声で言い放った。

「嘘はいけねぇよ、神子様。宇女さの臭いが、ちゃんと此処からしているんだ」

黒ずくめの五人ほどの集団は、三匹の犬を連れていた。

この清浄な樹の杜へ家畜を連れ込むなんて。邑では考えられないことだった。

「すっかり心変わりしてしまったのですね、猪吉《いのきち》に鼓太郎《こたろう》さに蓑《みの》ざも」

構えを解くことなく、斎笹は裏切り者の三人を問い詰めた。若者たちは口々に言った。

「違ぇよ、神子様。おらたちは真理《まこと》に出会ったんだ。ずっと誤っていたのを糺《ただ》しただけじゃ！」

「楡神様など、たいして力もないのに。神子様も、楡神様なんかじゃなく、尊き烏羽玉神様にお仕えなさるがいい！」

まるで怪しい薬でも呑まされたかのように、若者たちは烏羽玉神の名を再三囃《はや》したてた。

斎笹は溜息を呑み込んで、もう一度静かに言った。

「樹の杜の楡神様は間違っていらっしゃいません。とにかく、宇女は此処にいません」

途端、三人の後ろにいた輩が怒鳴った。

「此処にいるのは判っていると言っておろう！　宇女を出せっ！」

一際大きな声に、負けまいと斎笹も声を大きくした。

「いません！」

「ならば、ヌシを殺して、宇女を奪うまで！」

黒ずくめの男の言葉に、斎笹はほんの一瞬怯《ひる》んだ。自分の身はともかく、宇女を奪われてしまっては絶対にならない。

「宇女は困ります！」

「宇女を寄越せっ！」

五人もの男どもを相手に、手弱女《たおやめ》の自分ひとりでは、争ったところで勝ち目はない。愈々《いよいよ》万事限りかと、斎笹は問うた。

「宇女でなければ、なりませんか……？」

この言葉に、黒ずくめどもは少し戸惑った。暫時、顔を見合わせるようにしていたが、やがて後ろの男が問うた。

「ヌシが身代わりになるとでも？」

「……はい」

黒ずくめどもは、再び顔を見合わせて話し合った。

「ヌシは樹の杜の神に仕える娘。よかろう、犠には相応しかろう！」

後ろの男は言って、自余の者どもに、あの女を連れてゆけと命じた。


斎笹は円い桶《かろうど》の中へ押し込まれた。桶は黒く塗られており、それが棺《ひつぎ》を意味していることは、すぐに判った。

五人の輩は、人目を忍ぶように山道を分け入って、追越山へと向かった。忌屋の裏の御留場になっている竹林が、こんなに都合の良い抜け道になっているとは、斎笹は今日まで知らなかった。

担がれていく桶の中で、斎笹はそっと祈った。どうぞ、宇女が無事でありますように。

遠くで、寅の刻を報せる鐘の音が響いていた。

……あとほんの一刻で、夜明けを迎えられるのに。

斎笹は懐に手をやり、白衣の上から、護り刀をぎゅっと握り締めた。

〝明日もしも何かおかしなことが起こったら、刀の柄にこの枝を挿し立ててください〟

鈴のような涼やかな声が耳元に甦って、斎笹は着物の袂から、山女魚《やまめ》ほどの長さの竹の枝を取り出した。

今開いたばかりの若い芽を摘んだかのように、柔らかい竹の葉。赤子の掌のようにしなやかなこの笹葉にならい、この前のように手を切られたりはしないだろう。枝からは、相も変わらず、馥郁たる薫りが立ち上っている。その清純な匂いに、斎笹はいくらか心の落ち着きを感じた。

さして期待するところがあるわけではない。自分が犠になることは、早に理解《とうわか》っていたことだ。ただ、宇女が最後までちゃんと無事であるように。ひいては、野木邑のすべての民が、今後末永く平穏に暮らせるように。願う心で、斎笹は竹の薫りを吸い込んだ。

斎笹は、お守り、と言った男の言葉を呟きながら、護り刀の柄にその竹をそっと挿し立てた。するとその青竹は、音もなく夜の中へ吸い込まれるように消え失せた。

程なく、棺は追越山に着いた。

あたりには、予て聞いていた以上のたくさんの人々がいた。皆が噂していたように、老いも若きも男も女《おみな》も交じっているらしい。所々に点された庭燎《にわび》の明かりに浮かび上がる人々の姿は、全身がすっぽり黒装束に包まれていたが、何事か経文らしきものを倡和する声が、彼らの為人《ひととなり》を微かに明かしていた。

桶が下ろされた。群衆の中程には、見上げるように高い櫓《やぐら》が組まれており、動物の脂なのだろうか、やけに鼻を衝く煙の臭いが立ち籠めていた。

やがて、輪の半ばへ、一人の大きな男が進み出た。この祭を掌《つかさど》る司祭であろうか。

「漆黒の鴉《からす》の濡羽《ぬれば》にも勝りて深き、鵺鳥《ぬえとり》が心泣《うら》く無明の長夜を、流離《さすら》ふ衆生《ひとくさ》を統《す》べ給ひ、泥梨《にらや》の業火《ひ》燃え盛る常闇の浄土《つち》へと導き給ふ、畏き大悲《あはれみ》の導きの主《ぬし》。迷惑《まど》へる民に、真実《まこと》の智慧と、偽りなき道理《ことわり》とを示し給ひて、煩悩《なや》み多き衆生《あをひとくさ》を、何卒、奈落《ならか》へ済度《すく》はせ給へ」

司祭は、祭の主旨を陳べる祭文を唱えながら、高楼の下に供物らしきものをたくさん供えた。それらは、山野菜や魚介など見慣れたものもあったが、活きたままの家畜や、どこから略奪してきたものか金品財宝など、神仏に捧げるにはあまり馴染まぬものが含まれていた。

やはり、自分は禍神に捧げられてしまうのだ。忌まわしい禍霊《まがつひ》の気配を感じて、斎笹はぞっとした。

仮に自分が捧げられても、この集団が早々に邑を去ってくれる保証はない。もし、自分が奉られるときに、楡神様が邑を救ってくださらなかったら……。

昼間の水占いでは、楡神様は、不安そうに首を振っていらっしゃった。

「いいえ」

斎笹は、自分こそ首を振った。

「わたしは日下の御子。樹の杜の楡神様にお仕えする、神子だわ」

そうこうするうちに、斎笹は黒ずくめの者どもに連れられ、高殿に鉄《かね》の鎖で括りつけられた。

逃げ出すことは、しない。そんなことをしたら、宇女はただでは済むはずがない。

だから自分は、必ず宇女の身代わりになってみせる。

斎笹は目を見開いて、覚悟を決めた。

……但し。

「邑を、絶対に守ってください！」

斎笹は祈った。邑の旧き神々に仕える神子として。

……楡神様!!

楡神様!!

樹の杜の楡神様っ!!

わたしの願うことは、ひとつだけです。

わたしの大切な、野木邑のみんなを、必ず守ってあげてください。

「わたしの命も、すべてをあなたに捧げますから。だからお願いします。わたしの一世一代の〝祭〟です。わたしには、これ以上のことは二度とできません。これが最大のお祭です。だから楡神様！　わたしの大事な野木邑のみんなを守って!!　かような冥《くら》く禍き時流《とき》の波に呑み込まれてしまわぬように、わたしの邑を助けてください!!」

これが、わたしの最初から、……そして最期までの、変わらぬ祈り。

「楡神様、わたしは、烏羽玉神になんか仕えはしません！　生まれたときからお終いまで、ずっとずっと、楡神様の神子です！」

斎笹が何を喚こうと、黒ずくめの一団は、毛ほども動揺しなかった。

淡々と儀礼は進み、先に刺して燔祭《やきつくすささげもの》に処された牛の、未だに乾ききらないで生き血が滴る出刃刀《でわとう》が一振り、斎笹の目の前に用意《こしら》えられた。

集団は、恰も狂気の渦のように謳《うた》い叫んだ。

牛や鹿の、あたりの岩に残っている血を自らの体に擦《なす》りつけ、あるいは頭から被り、経文を唱えながら激しく体を震わせ、踊り猛った。がなり声を上げ、喉も掠れんばかりに経文に酔いしれる面々の中には、もはやその呂律も定かならず、何を叫んでいるのかよく判らない者もいた。

獣の肉を食らう人々を、斎笹は此処で初めて見た。あるいは、男女が人目も憚らず交じり合い、身近な者に向かって兇器を振るい傷つけ合うのも、斎笹は此処で初めて見た。

邑では有り得ない光景だった。

否、斎笹の邑だけに限らない。隣の邑でも、そのまた山向こうの邑でも、古くからの神々の教えを守る民の間では、気紛れにも考えつきはしない行動の数々だった。

痛いはずだ、と斎笹は思った。その体も、その、……心も。

しかし集団は、妙な活気に包まれて、どの人々も笑っていた。血と肉と酒と叫喚で、お互いに傷つきながらも、ずっと、笑い続けているのである。

先程から焚かれている香のせいかもしれない。斎笹の嗅いだことのない、落ち着かない臭いだ。何の草を燃やしているのだろう。集団は、殊の外この臭いを歓迎していたが、斎笹は寧ろ、胸がむかつくような気がして、顔を背けた。

あと半刻ほどで、夜が白んでくる。

「早く朝の光が射し込んで、いっそ彼らの力の源をふいにしてしまうと良いのに」

斎笹は呟いた。

楡の神様は、邑で最もお背が高い。

毎日、朝陽が昇ると、その梢に、一番初めに夜明けの光が当たる。緑の枝が、黄金色に染まり、清々しい風が、葉の間を吹き抜けていく。

神々しいまでの、朝の大樹の姿。

鳥たちが可愛らしい声で唄を囀《さえず》り、斎笹は雪松と共に、澄んだ水を献《たてまつ》る。すると神様は、優しい騒《ざわ》めきで、斎笹たちの祈りに応えてくださる。

あの、朝の光があれば。

あの清らかな耀きがあったなら、この輩も、このような厭《いと》わしい儀礼に、己の心を失うほど夢中にはなるまい。

朝陽を、楡神様の清《すが》しさを、この者たちにも頒け与えてやりたい、と斎笹は思った。

そのうちに、司祭が、怪しげな節《ふし》をつけた詞《ことば》を謳い出した。

「渾沌の　暗闇のみぞ　億萬の　衆生《しゅじゃう》を平等《たひら》に　均《なら》しめ給ふ」

集団は、ますます熱狂の坩堝《るつぼ》と化して、哂《わら》い乱れた。

「老若、富賤、健、弱、病、苦、悉皆《しつがい》　灰燼《はひ》と帰せしめ給ふ」

司祭は出刃刀を振り、逆さに九字を切った。

斎笹は、もう一度、首を横に振った。

「違う……。神様は、そんなことなさらない」

集団の歓喜の叫びは、最高潮に達した。すると、司祭が小声で斎笹に告げた。

「ヌシは邪神の神子だと聞くが、烏羽玉神様を頼めば、もう誰も苦しむことのない世が訪れるのだ。何も辛抱しなくて良い、無理しなくて良い、我慢しなくて良い。心の中に葛藤を生むこともなく、誰もが心の赴くまま、あるがままに生きられる世が来るのだ。差別も、それがゆえの妬みも、羨《うらや》みもない。なぜなら、皆が皆、己が望むように振る舞い、道をきり拓いてゆけば良いのだから」

司祭は自らの言葉に酔うて、黒布の間から歯を見せた。

「時の運、不運を嘆くこともなくなり、心身の苦しみを感じることも、また誰かの悲嘆を真に受けて、心を悩めてやる必要もない。ひたすらに穏やかな気持ちのままで、永久に自由に生きられるようになるのだ。まさに、万人が幸せになれる九泉の世の到来だ。……ヌシは、そのための捧げ物となれることを誇りに思うが良い」

「いいえ」

斎笹は反駁した。

「それは、あるがままとは申しません。ただの、我儘です」

司祭は諭した。

「人間は、我儘なものだよ」

斎笹は少し目を伏せた。

確かに、人という生き物は、時に自分勝手で、周囲の物事を考え合わせていないようなところがある。

……でも。

「本当のあるがままとは、正直なことです」

司祭は嗤笑した。

「我らは非常に正直だよ。ここにいる者どもも、嘗ては不自由に生きていた。旧い仕来りや他人への遠慮に苛まれて。しかし、一旦この闇暮らしの心地よさを教えてしまえば、もはや誰も旧の暮らしには戻りたがらない。大事なのは、契機《きっかけ》を与えてやることだ。ヌシの邑の者どもも、今日を始まりとして、やがては我らの道に入ろう。獣食も共喰も不義も殺生も裏切りも、すべてはこの道を究めるがためのひとつの修法にすぎぬが……、皆すぐ慣れる」

斎笹は瞳を上げて、真っ直ぐに前を凝視《み》た。

「そうではありません。身勝手なことではなく、己がひとり思うままに進むことではなく、正直とは、素直なことです。与えられたものを、自然と受け容れるということです。せっかく神様から授かった尊い命を、徒《あだ》に傷つけ合ったり、無暗に争うことではありません」

その瞬間、黒い布の合間から覗く司祭の目が、怒りを帯びて歪んだ。

「己の心を抑えよと言うのか⁉ 湧き起こる衝動を、他のために辛抱して揉み消せと言うのか⁉ それでは、我ら人間は、永遠に不幸のままだっ！ 見よ、ここに集いし者たちの様を！ 彼らの深遠なる感情は、今まさに解放され、自由の悦びに沸き立っているではないか！ 我らは、今こそ命を謳歌しているのだ！ ……愚かにも、賢《さか》しらを並べて理解ったつもりか、忌々しい明神《なおびのかみ》に仕える小娘がっ‼」

司祭は出刃刀を振り上げ、大きな声で、罵《ののし》るかのように最後の祭文を謳い上げた。

「崇尊なる我らが真の主、烏羽玉神よ！ 今此処に、邪神たる樹の杜の楡神に仕ふる穢らはしき処女《をとめ》を捧ぐ！ 限りなき大悲の力を以て、我らが誓願、速《と》くに果たし給へ‼」

斎笹は強かに首を振るった。そして、

「楡神様ーっ‼」

ただ一度。

斎笹は心の限り叫んだ。大切な、自らの仕える神の名を。

周囲の、張り裂けんばかりの狂気の渦の中で、今しも、自分の首を目掛けて振り下ろされる出刃刀の、その速さにも負けぬ勢いで。

楡神様、楡神様。

わたしのお父様であり、お母様でもある、樹の杜の神様。

どうか、どうか、どうか邑を守ってください！

あなた様のお力が益しますように、わたしは、この命の限り、楡神様をお祀りし続けます。

今、わたしが逝くのは、……決して、決して、かの烏羽玉神なる禍神の許へ、犠としてお仕えしにゆくためではありません！

捧げられるのは、あなた様の御許《みもと》にだけ。

最後まで、一瞬たりとも裏切らないから、どうか、どうか、……。

「ヌシ、な、何をッ!!」

唐突に、司祭が激しい悲鳴を上げて、後ろへ辟易《たじ》ろいだ。何事と思い、斎笹は閉じかけた目をしっかりと見開いた。

「この小娘、……生意気なっ」

憎々しげに毒づくその目からは、血飛沫《しぶき》が、甚雨《ひさめ》のように立ち上っている。

今しも振り下ろされようとした出刃刀が、その刹那、鋭い音を立てて砕け散り、破片《かけら》が司祭の目に突き立ったのを斎笹は確かめた。

「見えぬっ！ 何も見えぬではないかっ!!」

叫びながら、光を失った司祭は宛所を求めて彷徨った。しかしながら、助けを求めて近寄っていく司祭を、群衆は迷惑そうに避けてゆくばかりだ。

斎笹は、思いもかけぬ心の痛みを感じた。

どうして、誰も助けてあげないの？

その傍らで、事態の変化に気づかず、宴の余韻に浸っている者どもが、手を叩き、笑いながら踊り続けている。

斎笹は思った。

これは、まさしく渾沌の様だと。先の祭文に出てきた渾沌とは、まさに、こうした状況を指し表す言葉ではないか。

「違う、これはほんとの姿じゃない」

戸惑いを隠しきれぬまま、それでも無意識に否もうとして首を振ると、

「何をつべこべぬかしてるんじゃ！」

耳が裂けんばかりの怒号で、斎笹は我に返った。

「つまらぬ余興で、座が白けたわ！」

「犠はまだか⁉」

「烏羽玉神様がお怒りだ‼　司祭ができぬなら、おらたちが屠《ほふ》ってやる‼」

新たに幾人かの輩が起ち上がり、鉈や鎌を手に鬼気迫る様で、斎笹の傍へ躙《にじ》り寄っていく。

斎笹は彼らに向かって叫んだ。

「お願い、目を醒《さ》まして！　あなたがたはみんな、幻に酔っているだけよ‼」

しかし輩は耳を貸さない。

「烏羽玉神様は絶対じゃっ‼　ヌシが死ねば、祭は整う！」

黒ずくめどもは、斎笹に襲いかかろうとする。

「違う、目を醒ましてっ！　此処には神様はいない！　こんな場所に、神様は決していらっしゃ

らないわ！」

鎖に掛けられた体で、必死に斎笹は抵抗した。

死ぬのが怖いのではない。

でも、
死ぬのは嫌だった。……こんな状態で。

楡神様は、命を大切に、と教えてくださった。それが神の願いであり、神の庇護を受ける、人としての道であるのだと。

ならば。

ならば、こんな勿体のない、もっといえば、あまりにも畏れ多い業をお求めになるなんて。

「こんな酷いことを人々に強いるなんて、神様のなさることじゃない！」

確かにわたしには、神様の、人とは異なるご高慮のすべてを推し量ることはできないけれど。

とはいえ、いくら何でも。これは神様の業じゃないわっ!!

斎笹は、堪えきれなくなって、高殿から、野木邑を裏切った若者たちに向かって尋ねた。

「一体、烏羽玉神って、ナニモノよ!?」

挑むように問いを放つ。

ただ一向《ひたぶる》に、古き日ノ本の神々を信じて。強く強く、八百萬の神々たちへ、信じる誠意《まごころ》を捧げて。

こんな場所に、神ともあろうお方がお降《くだ》りになることは、決してあるまい。

もし、異論があるのなら、寧ろいっそのこと、どうぞこの場にお出ましになって、わたしにその御存在《ありさま》を見せてくださいませ！

斎笹の、最後の楡神の〝祭〟に、若者たちはこう答えた。

「烏羽玉神こそ、力ある真の神じゃー!!」

渾身の叫びを籠めて、黒ずくめの輩どもは、手にした兇器を、斎笹に向かって振り下ろした。

そのとき。

「ま、眩しい……！」

斎笹の胸元から、強い耀きが洩れた。薄暗さに慣れていた輩どもは、その光に眩んで、思わず身構えた。

この光は……。もしや、あの護り刀!?

斎笹が驚いた瞬間、懐に仕舞い込んでいたはずの護り刀が自ずから宙空にあり、蛍火のような若葉色の鋭い光を放っていた。

「この娘、妙な呪《まじな》いをかけられておるぞ！」

群衆はこの光景に驚き、呪わしい娘だと口々に騒ぎ立てた。

「あの小刀が術の根源だ！　先程のまやかしも、あの小刀のせいに違いない」

「あの小刀さえ封じてしまえば！」

強い光に目を奪われぬよう庇いながら、我こそ早きと、黒ずくめたちはその小刀に手を伸ばした。

その途端。

「…………っ!!?」

とてつもなく鋭い閃光が、空から護り刀ごと大地へと走り抜けた。大きな雷が、斎笹と群衆との境に落ちたのだ。

落雷の衝撃で大地は大きく裂け、あたりは激しく揺れた。

「アヤカシじゃあっ！　アヤカシの業じゃあ！」

「あの娘、祟りを為しおる！」

突然の出来事に、群衆は逃げ場を求めて行き惑った。斎笹も、鎖で固定されているとはいえ、動揺を堪えるのに必死であった。

「魔物じゃ！　魔物じゃ！」

「魔物の仕業だっ！」

雷は、若竹の如き緑筠《りょくいん》の耀きを放ち、この世のものではないことが、誰の目にも知られた。

「あの娘、我らが神の敵ぞ⁉」

「如何にも！　蓋《けだ》しあの娘こそ、預言にある、我らが世の到来を妨げる最大の障碍《さわり》である‼」

罵り合う大人たちの傍らでは、幼い童の一団が身を寄せ合い、それでも早く魔物を退治せよと、口々に叫んでいた。その声に押されるかのように、……否、自らの功名を急いでか、

「烏羽玉神様に、栄えあれー‼」

また幾人かの輩どもが、高殿にいる斎笹に向かってくる。

再び、落雷が、斎笹と群衆とを分かった。幾人かが裂け目へ転がり落ち、大地を這った炎が、周囲の森に燃え移った。

「熱いっ！」

「水は何処だ⁉」

飛び火を受けて、人々は慌てふためいた。しかし、功名を競うほどにはその統率は充分ではなく、負傷者に対しても、手を差し伸べようとする者は見当たらない。

……なんと、バラバラの集まりなのか。

斎笹は、呆気にとられて佇んだ。

共に旅を続けているはずなのに、仲間だと思われていたのに。何か異変が起こったときには、あっけなく途切れてしまう。

浅薄《あさはか》な絆。

「お願い、誰か手を貸してあげて！」

斎笹が叫んでも、魔物の言うことになど、誰も耳を貸さぬ風である。却って、斎笹に注がれるのは憎悪ばかりだ。

「この魔物めが！」

「今度こそ、ヌシを殺してやる！」

誰かが、近くの樽に入ったものを、斎笹に投げて浴びせかけた。きつい、獣のような臭いがした。

油だ!!

滴り落ちる粘り気の強い液体に目を閉ざされながら、斎笹は危機を感じた。

……仮に。もし、これが本当の祭だったなら。

自分は燃《も》されても、仕方あるまい。人柱に立つことも、吝かではない。

しかし今、自分が本当に望むことは……。

斎笹の脳裡に、楡に注ぐ朝の光が差し込む。

「わたしは、この人たちの目を醒まさせたいっ！」

「それは、まず無理でしょう」

一瞬。

涼やかな鈴の音のような声が、心に響き渡った。

「……えっ？」

斎笹は驚いて、油で濡れた眼を、懸命に見開いた。

僅かに二間ほどの距離を隔てて、見覚えのある風体の男が立っている。

「た、篁様っ⁉」

斎笹は、驚駭を隠すことなく、その名を呼んだ。

「な、なぜに、此方へ」

理由など今や構わぬ気がするのに、思わず口にしてしまう。その間にも、

「アヤカシの正体は、キサマかぁ⁉」

黒ずくめどもは声を荒らげて、傍の庭燎を木端《きぎれ》に移し、斎笹たちに振り翳《かざ》した。斎笹は咄嗟に身構えたが、

「そのように火を油に近づけるのは寒心に堪えぬもの。殊に、石の油は非愛《ひあい》なものですから」

男が言い終えるが早いか、

「うわぁっ⁉⁉」

斎笹に近寄ってきた輩どもの数人が、いきなり炎の柱となって燃え上がった。

「助けてくれーっ‼」

「何てマネしやがるんだ⁉」

黒ずくめどもは、地面の上を転げ回って、火を消そうと躍起になった。だが他の者どもは、誰も彼らを顧みない。

同じような景色を何度も目の当たりにするたびに、斎笹は堪えられなくなった。

「篁様……」

しかし、男は声色ひとつ変えずに言い放った。

「今しがた、臭水《くそうず》は危険だと忠告したばかりでしょう。殊更、風に還る性質《さが》がありますから」

輩どもはいくらか響動《とよめ》きながらも、自分たちの敵に向かって、鬨《とき》の声を上げた。

「おのれ、おのれっ！　この刹鬼らが！　烏羽玉神に成り代わり、天誅を加えてやる‼」

「そうじゃ、烏羽玉神の天誅ぞ！　殺してしまえ‼」

摩訶奇怪なる火の業に慄《おのの》きながらも、群衆はこの闘争を、自分たちの伝承にある神敵に対する聖戦と見做して、再び奮い立った。

「天誅ぞ、一同悉皆、立ち上がるのだっ！」

口々に、天誅、天誅、と唱えながら、兇器を手に集まってくる。

「天誅ぞ、お前になんか負けないぞっ‼」

小さな子供たちまでが、見るからに繊弱な初刀《うぶがたな》を引き出して、挑みかかった。

恐らくは、何も理解らぬ頃より、何事か言い含められて育てられてきたのだろう。

自余の価値観を知ることもなく、正しいことも間違ったことも、その二つの間にあるどんなことについても知らされぬままに。自分で意志を選ぶことも、思想を築き上げることもなく、ただ示されたままの教えに従って。

斎笹は気難《けむつか》しい想いに苛まれた。

こんな稚《おさな》い童女が。この集団のために、そのか細い腕を、これまでも、そしてこれからも、一体どのような色に染めようというのだろう。

いつしか斎笹の目からは、熱い涙が静かに零れ落ちた。

「お願い、誰か、……お願いだから、目を醒まさせて」

傍らで、男が長い息をひとつ、ついた。

「天誅、ね。一体、何様のつもりなのだか」

そして振り向きもせず、こう言った。

「斎笹よ、先程も言ったとおり、彼らの目を醒まさせるのは至難の業。それでもこなたは、目を醒まさせたいと？」

男に問われて、斎笹は顔を上げた。男は重ねて問うた。

「こなたも充分に知っているはず。人の世には、夢を見ているほうが安らかな場合もあるということを。幻から醒めて現実《うつつ》を認めたとき、それまでよりもずっと苦しむことになる可能性すらあるということも。……それでも構わないと？」

斎笹は僅かに迷って、しかし決然と告げた。

「それでも。目を閉ざされ耳を塞《ふた》がれたままで、何かに操られて生きていくのは、あまりにも気の毒です。ただの一度《ひとたび》でも、朝の光を仰いでから、その白日の下に晒《さら》された景色を見て、そして自分のできることを考えて、それから一人一人に決めてほしい……！」

斎笹は、心から思った。

そう。

あの清らかな朝の陽射しの中で、細やかな日常の暮らしを見つめて……。何気ない、他愛もない毎日の中に、もし愛すべきものを見つけ直せるのなら。

こんな道理を外れた怪しい神の力は、二度と欲しがらないかもしれない。

こんなものは、わたしたちには大きすぎる、多すぎるものなのだから。

……そのうえで。

もしそれでもなお、烏羽玉神とやらに従いたいと願うのならば。

そのときは、その希望に拠って、闇に暮らしてゆくのもまたよろしかろう。

それが、その人の、本当の願いであるのなら。

「こなたの気持ちは解りました。けれど……、目を醒ますには、かなりの痛みが伴うもの。夜明け前の眠りには、大抵、悪夢を見なければなりませんから」

男が言い終えたとき、斎笹の体を縛り付けていた鎖の縄が、ふいと砂のように解けて消えた。纏わり付く油もすっかり乾き、臭いも失せていた。

「自らの身は、こなた自身で守りなさい。……なるほど、こなたから言われるまでもなく、彼らのやりようは、私からも少しく卦体《けたい》が悪い。文字どおり、一度覚醒《おどろ》かせてやらねばならないのかもしれません」

男が呟いた。

その横顔は、なぜかしら、斎笹には……、少し悲しげに見えた。

第三章　楡の木の神の許

間もなく暁が訪れる。その直前。

この、半時にも満たない時間が、一晩のうちで最も闇が深いといわれる、夜籠《よごも》りの候《ころ》。かの目覚めが一番早いという臼辺鳥《かけどり》でさえ、その静寂《しじま》にすっかり安眠《やすら》いで、曖気《おくび》にも鶏鳴《かけろ》を洩らしはしないであろう、それほどの暗闇の奥で。

追越山の山懐にある深草の森は、斎笹の見たことのないほどの激しい変災に見舞われていた。

天には奇怪な紫気が棚引き、樹々を薙ぎ倒すほどの業風は、年例《としごと》の野分などとは比べ物にならぬ勢いで、恰も毘藍婆《びらんば》の如くに吹き猛っていた。堪えようと伏して地を摑んだところで、その体は紙のように軽々と捲《めく》り取られ、宙へ舞い上げられては地に衝き堕とされる。

黒紫色をした妖雲からは、頻《しき》りに殷々《いんいん》たる天鼓が轟いては、そのたびに大地に向けて炎が走る。雷鳴は耳を劈《つんざ》き、地に落ちた緑の雷光は、逃げ惑う人々を求めて八方に縮《ちぢ》れ広がってゆく。光の矢は容赦なく人々を射抜き、その皮膚に黒々とした雷楔を灼きつけた。

また地上では、落雷の衝撃で地震《ない》の已《や》むときはなく、逃げ足をとられた人々はそこかしこで転《まろ》び合った。大地は絶え間ない揺らぎに幾度となく縦横に裂け、その割れ目からは熱気が激しく噴き上げた。天火は森を焼き尽くすまで延べ広がり、人々が燃やしていた庭燎《にわび》もまた火柱と化して燃え上がり、再び地に降り注いでは人々を焦がした。

とても両の脚で立っていられる者はなく、人々は地を這いながら、何とかして森の外まで逃げようとした。どの顔も驚愕と恐怖に塗《まみ》れ、血の気のない黄土色をしていた。心の底からの怖れを初めて感じたかのような、途方に暮れた取り乱しようで必死に遁走を試みるが、或るは火の手に脚を摑まれ、或るは倒れてきた大木に体を阻まれ、或るは地割れへと堕ち、或るは蒸気に火傷を負うなどして、六道の謫《たく》を遁《のが》れきる者など誰も見当たらなかった。

最初は周りの肩を押さえ腰を引き、我こそはと先を急いでいた人々も、暫く後には自分一人が手一杯の様となり、蜘蛛の子を散らすように、離れ離れに暗路を呻吟《さまよ》った。

自分勝手を通り超えて、全くの個の世界へ。

我執すらも掠れてしまいそうな緊急《まさか》の事態の中で、極限の生存本能だけが、彼らを突き動かしていた。

森にはあまりにも多くの叫び声が谺《こだま》し、さながら地獄絵図であった。すべては森羅万象のなせる業ながら、人が為し得るどの様な態《わざ》よりも無慈悲に感じて、斎笹は凍りついた。

人々の去り際の眼と視線が交差したその一瞬、斎笹は自らが縋りつく傍《はた》の岩を、一層ひしと抱き締めた。

その直後。

ふと、身の危険を感じて、斎笹は我に返った。大地の亀裂が、真っ直ぐに自分の方角へ向かって伸びてくる。

逃げなきゃ！

と思ったときには、裂け目はもう一足ほどの距離に近づいていたが、傍らの男が斎笹の前へそっと手を翳すと、地割れはそこでぴたりと止まった。

まるで大地が意志を持っているかの如く、一寸の狂いもなく従うのを見て、斎笹は思った。

そうだ、この人は……。

斎笹は、心の臓が強《したた》かに響動《とよ》むのを感じた。

この、見るも惨い廓清《かくせい》の災禍を操っているのは、紛れもなく隣にいる男なのだ。

けれど、これらはすべて、自然の業。雷も風も地震も、どれもみな、天然が引き起こすものだ。

人の手で御せるものではない。

この人は、自然の現象《ありさま》を導いている……？

「あなたは、一体、誰……？」

斎笹は呆然として呟いた。

目の前を、火達磨と化した人間が、助けを求めて腹這いながら通り過ぎてゆく。もはや目が見えないのか、その影は全くあさっての方角へ這いずり、やがて地裂の谷へ墜ちていった。

そうした幾人もの輩に、男が手を差し伸べることはなかった。ただずっと、ひたすら静かな顔つきで、人々の様を眺めていた。一向に、悲しげな瞳のままで。

……どうして、そんなに切ない表情をしているの？

斎笹は無性に、この男を哀れにさえ感じ始めていた。そしてその哀しみは、まさに斎笹の心の奥底にある、今すぐにもどうにかしたいのに自分ではどうにも手の打ちようのない、この非力感そのものと根を通じていた。

そのとき、焼け爛れた体ながら最後の力を振り絞って、一人の輩が突っ込んできた。

「烏羽玉神様、万歳ーっ‼」

松の榾杙《ほだくい》を握り締め、渾身の力を籠めた喊声を上げて、二人を目掛けて突進してくる。斎笹は思わず身構えたが、男は冷たい眼差しで一瞥しただけだった。刹那、行く手を遮る壁に突き当たりでもしたかのように、その体は後方へと跳ね返り、そのまま千尋の地溝へと落下していった。

輩は、堕ちてゆく金輪奈落の底までも、自らが信奉する唯《ただ》一柱の神の名を唱え続けていた。

遠ざかってゆく天彦《あまびこ》が、いつまでもあたりに反響していた。耳に残る、その叫びが痛いと斎笹が堪えていると、男が一人言《ひとりご》つのが聞こえた。

「百曼陀羅《ひゃくまんだら》の如くに、もはや耳障りにすぎぬものを」

そして次の言葉に、斎笹はその身を凍《こご》えさせた。

「烏羽玉神がどのようなものか、何ひとつ知りはしないのに」

斎笹は刮目して、男を見つめた。

「篁、様……?」

そうだわ、この人は……。

……この人は。

斎笹は、つい昨宵のことを思い返した。

優しい杜の、大樹のみ前で。不安に慄くわたしに対して、思いもかけず、再会した一人の旅の男。

この人は、そう。こう言ったんだ。

憚りながら、この世の形見にと、その名を伺ったとき。彼は……、こう名告ったんだ。

自らを、こう呼べ、と。

〝くらがりの篁〟と。

二人が出遇った場所だから、と。

……だから。

斎笹は、動悸で体が戦慄《わなな》くのが判った。

言葉に発《だ》すのではなくて、字に書いてみれば、すぐに理解る。くらがりは「暗がり」であり、「暮明」であり、……「闇」であるのだから。

閉じられていた真実の扉に漸く片手を掛けるところまでいって、俄に斎笹は、その手を引き込めた。その視野に、年端もゆかぬ幼子が、親を捜して、おいおいと泣きながら歩いてゆくのが見えたからである。

このままいけば、あの火が燃え移ってしまう！

前後も理解らずに彷徨っている子供へ駆け寄りそうになって、斎笹は深い淵に邪魔された。斎笹は降り返って、男に叫んだ。

「もう止《と》めて！　もう充分なはずよっ！」

そしてすぐさま、子供に向かって声を張り上げた。

「止まって！　歩かないで。それ以上、前へ行っちゃダメ!!　火傷しちゃうわっ!!」

……お願い、もう止めて。これ以上傷つけたら、何もかも失くなってしまう。

「もう、そんな無理をして夢なんて醒めなくったっていい！　幻の中にいたっていいから！」

斎笹は叫んだ。

「これだけの目に遭ったんだもの、仮令《たとい》いくらかの人たちが、在り得ない夢想を描き妄《みだ》りがまし き漆桶《しっつう》に囚われていたって、きっと幾人かの人たちは、ちゃんと現実を生き抜いてくれるはずよ！」

斎笹の絶叫に、男が言った。

「これは、こなたが望んだこと。翻《ひるがえ》すつもりですか？」

「翻すのじゃありません。もう真具《まつぶさ》に、彼らは思い知ったのです。ですから。……もし、罰を与えすぎてすべてを失くしてしまったら、彼らが悔悛し、再びやり直すことは永遠にできなくなってしまいます。わたしには、あんな小さな子が、自ら欲して悪意を働くなんて思えません。きっと、誰かに唆《そそのか》されて、真似をしていただけ」

そして、真っ直ぐに男に向かって言った。

「今なら、間に合います。あの子のようにこれからをより良く義《ただ》しい方向へ歩いていける人たちが、この中にはまだたくさんいるはず。これまでを無視することはできませんが、これからは、過去よりもずっとずっと、わたしたちにとって大切なものなのです！」

必死の想いを籠めて、斎笹は男を説得した。

わたしが望んでいたのは、……そう、目を醒まして、ということ。これまでの罪を詰《なじ》り、罰を与えて恨みを晴らすことじゃない。

今そんなことをしても、何も生まれない。ただ気づいてほしかっただけ。自分たちの行いの陰で、どれだけの悲しみや怒りが生み出されていたのかということを。自分自身の課題《いたみ》として。

「怨恨《あだ》を超えてゆこう、というのですね？」

「はい」

斎笹は短く頷いた。

すべてを失ってしまったら、やり直すこともできない。

「わたしたちに、……人に、赦しに向かう機会をください」

男は、微かに笑った。

「解りました。……それもまた、本当に強くなければ達し得ぬ、清らかな道。如何にも、こなたらしい選択ですね」

程なく風は已み雷は遠退き、あたりには優しい音を立てて、小糠雨《こぬかあめ》が降り注いだ。

深草の森は、静かに鎮火《しめ》りながら、曙《あけぼの》を迎えた。


焼け焦げた森を後に、二人は追越山を下りた。

斎笹は男の背《せな》に負われていた。自分で歩けると答えたが、雨と地割れで覚束ない足許に半ば強いられるようにして、その肩へ載せられてしまったのである。

埋《うず》み火が時おり燃え起こる林の合間を抜けて、いつしか馴染みの山路を行く頃、斎笹はつくづくと考えていた。

男がどうして、あのように悲しげな顔をしていたのかを。

この人は、きっと誰からもちゃんと理解してもらえていないのだ、と斎笹は思った。

話す機会も、きっかけさえもないからかもしれない。ずっと一人で旅を続けていて、だから家族も土地の好誼《よしみ》もいなくて。

偶《たま》さかに知り合う者があっても、皆、上辺だけを見て勝手に早とちりをして。

誤解を重ねて、無き名ばかりが、ひとりでに広まりゆく。

さりとて、改めて弁明するような時も与えられず、仕方がないのだ、と自ら諦めて。

斎笹は小さく息を溜めた。

誰かと本当に理解り合えることもなく、ずっと一人きりで。縦《よ》しんば、誰かが呼びかけてくれても、それはみな心もない、偽りの求めで。

どんなに囃し立てられても、崇め奉られても、所詮は、誤りばかりの虚ろな交わりで。

……さびしかっただろうな。

「重く、ありませんか?」

斎笹は、男の背に顔を埋めたまま訊いた。何だか気の毒すぎて、何か言葉をかけなければ申し訳ないような気持ちに耐えられなかった。

「いいえ」

男の足取りは、依然として軽かった。相変わらずの卒のない答えに、斎笹は、余計に心が苦しかった。

……それにしても。

昨宵の山には、一体、どれほどの数の人々が集まっていたのだろう。あの小さな男の子は何とか無事で済んだけれども、どれだけの人々が、あそこで斃《たお》れてしまったのだろうか。

「遠く、ありませんか？」

「いいえ」

これまで、この人は、どれだけの人の所業を背負ってきたのだろう。

謂れもなき憂名《うきな》、唯《ただ》なる風の聞こえ、人々の口性ない虚伝《そらづて》、空《うつ》ろな熱狂。

そして、これから後に至っては、昨宵の人々が感じた彼らの痛みの分まで、この人は背負ってゆくのだろうか。

「辛く、ありませんか？」

「いいえ」

……背負《おたた》のことばかりじゃないのよ。そのお気持ちについても、本当は尋ねてみたい。

「この道には慣れていますから、気にしないでください」

「でも」

仮令《たとい》慣れている道だとしても、その背に確かに今こうして負われている自分自身のことが、他の重荷にも増して、斎笹には一層重たく感じられてならない。

この人は……、こんな自分の重さまで、背負ってくださっている。

この人の背負っている、孤独。

その深さは、神子にすぎない自分になど、到底知りえもしない涯なきものだ。せめて、その淵から手を差し伸べて、少しなりとも此方へ引き寄せたいと願うのに。

手を伸ばしたら、自分まで引きずり込まれそうな予感に慄いて、とてもできそうには思えなかった。

なんと自分は弱い人間なのだろう。傷ついた同志に手を差し出せないでいたあの輩たちを、本当は自分とて批判できる立場にないのだ。

斎笹は唇を噛んだ。

どうして、どうして、……何が怖いの。わたしは……、何を怖れているの？

今、此処にあるこの人の背中。

ちゃんと体温を感じられる。命が持っている、温かみが伝わってくる。

……でも。

目を閉じていると、しんしん、しんしん、さみしさが沁《し》みこんでくるみたいだ。わたしの心の奥まで、だんだん、だんだん、冷たくなっていくのを感じる。

底知れぬ孤独に、なぜだろう、悲しみが湧き起こるのを止められない。

これ以上、深いところへいくのは厭。

これ以上、深みに填《は》まったら、とても抜け出せそうにない。

……それが、怖いの?

わたしは、この人の抱えているモノの深さが、怖いの……?

暁雨はやがて霧となり、霧は、朝の光に開かれてゆく。山路にも陽の光が射し込んで、目映い煌めきに、葉裏の露が美しく耀いた。

「朝ですね」

清々しい風の薫りを嗅いで、斎笹は胸の透くのを感じた。斎笹はいくらか遅れて、けれども微笑んで答えた。

「朝にあなた様にお会いするのは、初めてです」

「……そうかもしれませんね」

彼方に、斎笹の大好きな、楡の大樹が認められた。

「見事な樹容ですね」

「はい。最高に素晴らしい、わたしたちの神様です」

邑に近づくにつれて道が開けてきたので、斎笹はその肩を降りた。

「本当に、何度も何度もお世話になりました。どれほど援けていただいたか……。言葉は、いつも、心に足りないものですね」

「いいえ、礼には及びません。約束のとおり、こなたは今も〝生きて〟いる。それだけで充分です」

「わたしに命をくださったのは、篁様、あなた様です。宇女さも邑の皆も、これから先は、もうあの輩に怯えて暮らす必要はなくなりました。お蔭様でいっぱいです」

斎笹は頭を下げた。

……でも。

追越山に残された人々は、これからどうなるのだろう。あの子供も、その親は生きているのだろうか。

斎笹は、自分たちだけ手放しで喜べない想いに躓《つまづ》いていた。

彼らもまた、自分たちと同じ時代に、同じ大地の上に生を享け、生きてきた者たちなのだ。彼らの過ちは、まさにわたしたちとて一歩間違えば犯してしまっていたかもしれない過ちであって、……現にこの邑の若者でさえ、あの狂気に取り込まれてしまったくらいなのである。

彼らと自分たちと、一体、何が異なっているといえるだろう？

わたしたちの命は、得られた。でも、彼らの身の上は？　自分たちだけが無垢で、彼らばかりが罪であるというのは、あまりにも身勝手な見地だ。

と。

「そんなに気に病まなくとも大丈夫ですよ」

自分の想いを察されたのかと焦って、斎笹は瞳を上げた。そこには、穏やかな貌《かお》つきをした男の眼差しがあった。

「心配しなくても、私は誰一人、殺していません」

「……で、でも」

戸惑う斎笹に、男は言った。

「こなたは、ただの一度も、殺せとは願わなかったでしょう？　相手を罵ることも憎むこともできたのに、ずっと助けだけを求めていた。彼らが自らの良心で真実に気づき、生き直していけるよう、その過程を手伝うことだけを」

「……はい」

「先に、夢から目を醒ますには痛みが要る、と言いました。けれど、痛むのは、彼らよりも寧ろ私と、……こなたのほうが、よほど痛いのです」

男の切ない横顔。そして、自分自身の心が堪えきれぬほどに辛かったことを、斎笹は思い出していた。

わたしの心の痛みは、あなたの痛み。打たれる子供よりも、打つ親のほうが、痛い。……真に、愛情を持って導くのなら。

勿論、打たれる頬が痛いのに決まってはいるけれど、それ以上に痛む気持ちを持って手をくださなければ、それこそ、ただの暴力になってしまう。

「ちょうど彼らも目を醒ましている時分でしょう。凶夢の記憶を持って。それぞれの傷が癒える頃、彼らはこれまでとはまた別の新しい道を歩み出していくことでしょう」

ああ、この人は、と、斎笹は三度《みたび》思った。

そうだ、本当に、この人は……。

「有難うございます。篁様は……、お優しい方ですね」

あの、わたしたちの樹の杜の楡神様のように。

真っ直ぐに見つめる斎笹に、男は少しおどけて、それでも笑って言った。

「……とは、限りませんが。でも、そう思われているほうが、ずっと気が楽です」

古来〝烏羽玉の〟は「夜」にかかる枕詞。

菖蒲に似た桧扇《ひおうぎ》の種の実が、黒くて艶やかなのに依るという。

また「暗き」や「夕」や「月」などと並んで、「夢」にも掛かっていく。

烏羽玉の夜を統べる、深き闇の神。

烏羽玉の黒、烏羽玉の夢。

……彼らだけじゃない、自分自身もまた、烏羽玉神について何も判っていなかったのに。

邪神だということだけを聞き及んで、どのような神なのか、考えてみることさえできなかった。

噂を信じて、かの輩たちの振る舞いは皆、その邪神が為させる業だと、すっかり思いこんでしまっていた。禍霊の駆け廻る狂気の神だと思っていたのだ。

……なんと、自分は早計なのだろう。確かめることさえ、できないうちに。

疑心に囚われ、思いこみで結論を出してしまっていた。たったひと言、ちゃんと確かめてみればよかったのに。

わたしには、この人のために、何ができる？

「何もしなくていいですよ。昨宵のことは、私自身、予て気がかりなことでしたから」

「でも……。あなたの孤独は、わたしのせいでもあるんです。彼らばかりじゃない、わたしだって。人を、信じることからじゃなく、疑うことから始めてしまった」

細小《いさら》の後悔が瞼の裏にこみ上げて、斎笹は顔を伏せた。男は微かに首を振った。

「数多の人々に溢れたこの世で生きていくには、警戒することも時には必要です。信じてばかりいれば、悪意を持った人間に欺かれてしまいます。……ですから、最初から信用することができなくても、こなたが無理なくそうできると感じてくれる時に至って、改めて信じる気持ちを傾けてくれるなら、皆、さみしさから解き放たれることがきっと叶います」

男は諭すように言って、そっと、斎笹に一枝の若竹を渡した。

「こなたは、面識も浅い身の上も冥い私の言葉を信じて、頼ってくれました。あのとき、こなたが璽《しるし》の竹が枝を挿し立ててくれたからこそ、私もこなたの気持ちに応えることができたのです」

細い笹の葉は、朝風にさやさやと鳴った。葉の隙間から、きらきらと、優しい光が零れ落ちる。

「神は、人の信じてくれる想いがなければ、冥加を賜うことはできないと聞きます。きっとこなたの杜の神も、こなたの真摯な祈りがあったからこそ、お応えになられたのでしょう。……ゆきなさい、こなたの神と邑の者たちが、こなたの帰りを待っています」

「けれど」

斎笹が逡巡していると、男は、小高い楡の木を指差して言った。

「こなたは、あの神に仕える神子でしょう？　この邑には、こなたの祭が俟《ま》たれています。こなたの深い恭順《つつしみ》の心と思い遣りとで、神に信頼と祈りを寄せて差し上げなさい」

楡の木は風にざわざわとうち震え、斎笹に、おいで、と手招きをしている。

「ええ、参ります。わたしは、樹の杜の神子ですもの。いつだって、楡神様のために祭をおこなうのが、そして神様にこの邑を守っていただくのが、わたしの務めです。……しかし、篁様はどうされるのですか？　また、どこか遠くへ行かれるのでしょうか」

「私は何処にでもゆきますよ。偶さかにも、私のことを頼みとしてくれる者があるならば、それはとても稀有《けう》な縁《えにし》です。徒にしては、勿体ないですから」

……いくらわたしが信じてみても、きっと、この人はずっと、さみしいのに違いない。

斎笹には、確証はないものの、なぜかしらそんなふうに感じられた。

なぜなら、わたしのこの真心は、楡の神様に捧げられるものだから。

では、専《もは》らとこの人を信じてくれる者は、一体何処にいるのだろう。

……どこかに。待っているといい。

斎笹は心からそう願った。

いいえ。

まずは、わたしから。進んで信じて差し上げたいの。いつか、が来るために。

斎笹は、心から強く、そう思った。

「わたし、もっと素直になります。ほんの僅かでも早く、その人のことをちゃんと理解ってあげられるように。受け容れてあげられるように。ほんの少しでも早く、正直な心に戻れるように。

……いろんなことが起こって心が拗《ねじ》けてしまうときがあっても、できるだけ速やかに、もう一度、まっさらで真っ直ぐな眼差しを取り戻していけるよう、努めてまいります」

そう。

ほんのちょっとでも早く、あなた様を〝信じる〟ほうを選べるわたしになれるように。

そして邑のみんなを、……それから、あの輩のように、何処に暮らしているとも知れないすべての人たちを、少しでも早くこの胸に受け容れられるように。

犯した過ちに気がついたときには、少しでも早く改められるように。

斎笹は心の奥深く、きつく思い固めた。

「信じて、生きます」

わたしを援けてくださった、篁様。けれど、この邑を救ってくださったのは、わたしたちの楡神様。

きっと楡神様は、あの水占いを覆してくださったのだろう。だからわたしは、これからも、ずっと楡神様にお仕えします。

斎笹の決意を諾って、男は静かに言った。

「こなたには聞こえていなかったのでしょうが……、あの晩、楡の木より滴った雨の雫音《しずくね》は、まさにかの樹が流す〝空の雫〟でした。かの樹は、こなたの助命《いのちごい》と邑の安寧とを切々と訴えていました。老体をも顧みず、そんな己《おの》が力の限りを知ってか、ありとあらゆるモノに対して助勢を求め続けていたのです。果てには、己の命さえ、引き換えに寄託《あずけ》ると言ってまで。かの楡の木は、……こなたの神は、こなたを深く愛しています。こなたは、どうぞかの樹の許へ帰って差し上げなさい」

「はい」

斎笹はその瞳を、眼前の男から楡の大樹へ移した。楡の木の深い思い遣りを知って、斎笹の胸は改めて熱くなった。そして忝さでいっぱいになりながら、日下の御子としてこの世に生まれたことに、深く感謝の想いを抱いた。

「わたしは、これから先もずっと、楡神様の神子です」

それから今一度、男の目をはっきりと見て続けた。翡翠の結晶のように、澄みきったその二つの瞳を。

「でも、あなた様のことも、信じています」

掌にきゅっと強く、若葉色に耀く小さな笹葉を握り締めて。

それだけ伝えると、斎笹は身を翻して、忌屋のほうへ駆けていった。自らが親と慕ってきた、大切な楡の木の神の許へ。

その後、斎笹は、年寄るまで長く日下の御子を務め上げた。傍らには、その最期の日まで弟分たる雪松が共に控え、二人の祭によって、野木邑は久しく穏やかな時を送ったという。

時に斎笹はその神楽《かぐら》を舞う際に、手草に、薄黄緑の小さな竹が枝を採った。その笹葉は、時を経ても色を変えることがなく、いつしか「常磐の笹葉」と呼ばれるようになったと聞く。笹葉は、陽の光に不思議に耀いて、若葉色の光燐をほろほろと零すことがあったといわれる。

斎笹がこの笹葉を持って舞った祭での願い事は、神秘にも、そのすべてが叶えられたと史書は伝える。

第二部　〜幸待《ゆきま》つの恋〜

第一章　流行病《はやりやまい》

静かな晩秋の陽射しが降り注いでいる。

古い楡の木の神を祀る斎庭《ゆにわ》は、様々な形をした金色の落ち葉に埋め尽くされ、陽の光に、燃え残りの焚火のように、ちろり、ちろりと、幽《かす》けく輝いていた。

「風が冷えてきたわ。そろそろお終《しま》いにしましょうか？」

うら若い白衣《びゃくえ》姿の乙女が、振り返って言った。

「はい。あと少しで仕上がります」

乙女の言葉に一人の、少年と言うにはいくらか大人びた、しかしまだ青年と呼ぶには少々早すぎる、細身の男《おのこ》が応えた。

「そう、有難う。……今年はずいぶんとまた、寒そうな冬が来ることね」

乙女は、庭の端に揺れる黄櫨《はぜ》の木の葉を眺めて呟《つぶや》いた。青年となるのを間近に控えた少年は、手を速めて縄を綯《な》い上げると、それに頷《うなず》いた。

「ええ。この月の暮れには、蛙《かわず》の子も、地《つち》のかなり上のほうで眠りに就きました」

間もなく思春期を終えようとする数え十七の男は、結い上がった大きな注連縄《しめなわ》を持って起ち上がると、乙女の持つ籠を受け取って、先に忌屋《いみや》の戸口に立った。

「此処の扉も、藁縄で綴られたばかり。冬が来る前に、板を通して、鎧戸《よろいど》を拵《こさ》えておきましょう」

「そうね。この冬は、雪もさぞたくさん降るでしょうしね」

乙女は、腰の前掛けに付いた藁屑や竹の削棘《そげ》を払いのけて、それからもう一度、心配そうな表情で里の方角を見遣った。

「悪い病など流行《はや》らなければ良いのだけれど」

「大丈夫ですよ、神子様《みかんこ》。雪の多いのはどうしようもありませんが、里に悪いことが起きないために、私《わたくし》たちがいるのですから」

「ええ……」

「明日も、そのために、悪風封じの祭をおこなうのですし」

「ええ、そうね」

乙女は、長らく里のほうを向いていた。男は気にかかって、今一度乙女を呼んだ。

「神子様こそ、お風邪を召されては。ささ、神子様。今日はもう入りましょう。湯は、先程より掛けておきました」

促されて、漸く乙女は戸口を向いた。お陽様の黄色い光は、もう山の向こうへ消えている。

「有難う。……雪松《ゆきまつ》、いつもごめんね」

乙女は小さな声で呟いた。慌てて男が答えた。

「とんでもない、神子様は、里のことを本当によくお考えになっているだけですよ」

でも、と続けかけて、男は言葉を飲み込んだ。この、邑《むら》の誰《たれ》よりも民の幸福を願うのに熱心な乙女の、赤誠の想いに水を差すようなことを、今はしたくない。

改めて、

「神子様は歴代の日下《くさか》の御子《みこ》の、……鑑です」

と男は続けた。

「また、そんな無理をして。雪松にはすぐ叱られちゃうよね、自分を大事にしろって」

「ですが、本当に、そうとも思っております！」

慌てて否定したものの、乙女はくすりと笑った。

「やっぱり、ですが、よね。……だけれど、そうなのはわたしばかりじゃないわ。雪松だって、祝様《ほうり》として、いつも里のことを考えてくれてる」

「それは、日下の御子として当然の務めですから」

「そう、日下の御子。わたしたちは何としても、この野木邑《のきのむら》を守っていかなくてはならない。この里に暮らすみんなが、ずっといつまでも平穏に生きていけるように。これが、わたしたちがこの世に生まれてきた理由なのだから」

自らに言い聞かせるようにして忌屋の戸を潜《くぐ》ると、土間を掘ったばかりの侘《わび》しい火床に、小さな鍋が煮えているのが見えた。白い湯気の向こうには板間の座敷があるが、そこには、暖をとるための囲炉裏も設《しつら》えられていない。

三和土《たたき》の隅に据えられた案の上に雪松が置いた籠の中へ、乙女は、今日一日かけて用意してきた捧げ物の幣《みてぐら》を入れると、脇へ塩《おしろもの》を盛りつけて、板間に上がった。

土と白木で築き上げられた忌屋は、どこまでも無垢で素《しろ》くて、そして少し殺風景でさえあった。屋内を見廻しても、魚を焼く七輪もなく、獣を狩る弓矢も置いていない。壁には畑の鍬も鋤《すき》も掛かっておらず、卓《つくえ》の上にも機を織る筬《おさ》は勿論、錘《つむ》すら見つけられない。

三和土の奥はいわゆる土間敷《どまじき》になっており、そのあたりにはいくらかの生活の香りが漂っているけれども、その更に向こうの最も奥まった附近には、いくつかの大きな水甕や酒樽、米俵などが並んでいるのが見えるばかりで、やはり、これといって目を惹くような鮮やかな色合いのものは見当たらない。

初めて訪れた者ならば、本当に此処で人が暮らしているのかと疑いたくなるような、粗末な設《もう》けである。

「今宵のうちに人形《ひとかた》を切り出されるかと思い、燭《しょく》も点《つ》けておきました」

空の端に夕映えが残る時刻とはいえ、室内はもはや暗い。

「有難う。雪松はしっかり者ね」

白湯をひと口啜って、乙女は微笑んだ。

「私も一緒にお手伝いいたします」

土間から上がってすぐ、白衣《しらぎぬ》の帳《とばり》で二つに隔てられている板間には、普段の暮らしに用いる褻《け》の間と、神事などの際に用いられる潔斎用の間とがある。二人は塩で手を清めると、帳の向こうの晴《はれ》の間に入った。

白紙巻の小刀で、貴重な半紙を、人の姿に切り抜いていく。雪松が目印となる折り目を付けた和紙に、乙女が刀を入れていくが、作業はさわさわと小気味良く進んでいく。

その間、二人は一切、言葉を交わさない。念のために、口元には半紙で作った覆いをしてあるが、人の息《いきれ》がかかってはいけないと、二人は沈黙を崩さない。

真っ白い空間に、声のない一時《ひととき》が流れる。

和紙に触れる際の、湿った微かな音が小さく鳴るだけで、目にも耳にも味気ない景色が続く。

一見、息の詰まるような時間にも思える。しかし雪松には、こうした瞬間が、譬《たと》えようもなく嬉しくて堪《たま》らない。

二人が真剣だから、かもしれない。でも、そればかりではなく……。

ほんの時おり、燈明の紙縒《こより》の油が弾けて、ジュッと音を立てる。張り詰めたような空気に、ちょっとした変化が音連《おとづ》れる。

呼吸が、僅かだが乱れる。流れ作業に慣れて、無意識の底に沈みかけていた意識が、ふと甦る。

その瞬間、……生きていることを思い出す。

「私は、自分が祝としての務めを果たせることに、誇りを持っております」

できる限り無駄な端切れを出さぬよう、丁寧な作業で作り上げられた里の民皆の形代《かたしろ》を折敷《おしき》に入れ終えて、雪松は言った。

「昔は、どうして自分だけ皆と遊んでいてはいけないのか、なぜ母上様《おたたさま》のお傍にいることを許されないのかと、不満に思ったこともありましたが……。今は、冬至の日に生まれて、日下の御子に生まれて良かった、そう思っております」

その言葉に、乙女は深く頷いた。

「あなたのような後継ぎに恵まれて、わたしもすごく幸せだわ」

そう答えて、乙女は燭の灯りを落とした。

天井の、半畳ほど開いた窓から、月の灯りが洩れてくる。

忌屋の一日が終わる。

明日は、例ならずの、風除《よ》けの祈念祭だ。野木邑の民が篤《あつ》く信奉する楡の樹の神に、この冬の風の病を封じていただくため、臨時の饗宴を開くのである。

里の民が皆、心安く暮らせるように、楡の神を能《よ》く祭ること。それが、彼ら日下の御子と呼ばれる、野木邑に於いて冬至の日に生まれた者が享《う》け継ぐ、神仕えの聖《ひじり》の職務であった。


一陽来復。

衰えた太陽の光が、この日を境に再び力を増していく節目の時。冬至は、陰の最も極みでありながら、陽の甦ってくる日でもある。

古来、人々はこの日の現象に、不可思議な興味と淡い期待と深い祈りとを抱いてきた。

「神子様、やはり雪が重くなりましたね」

あれから、ひと月。

鎧戸の上ぎりぎり近くにまで積み上がった雪を見て、雪松が溜息をついた。

「せめて掬鍬《すくいぐわ》があれば良いのだけれど。今日の鎮魂祭《みたまふり》は、居祭《いまつり》となりそうね」

「とても外には出られません。まさか、一晩でこれほどまでに積もるとは」

本来ならば、冬至の今日は大切な祭をおこなうのであるが、この様子では致し方もない。雪を掻き出す道具もない以上、自然に溶けるまで待つしかなさそうだった。

「ご隠居様も名主様も長老方も、誰も来られはしないでしょうね」

「楡神様も、きっと解ってくださるはずです」

二人は、晴の間に俄《にわか》造りの祭壇を設けると、そこで祭を始めた。

参列者も、賑やかな囃子の音も聞こえない、静かな祭。

雪のしんしんと降り積むままに、寒さがしんしんと体に沁みてくる。決して華美とはいえないお供え物を上げると、雪松は祭文を読み上げた。

今年もまた無事に一年が過ぎ、冬至の日を迎えられたこと。弱ってきた太陽が、今日からまた強くなること。神様のお力も、どうかまた同じように強くおなりあそばしますように。そして来る年が、きっと良い年となりますように。

少年の持つ清らかな声と、青年らしい堂々とした態度で、雪松は祭文を上げた。頭を垂れて拝《おろが》みながら、乙女は頼もしく耳を傾けていた。

祭文が終わると、雪松は笛を取り出した。三年ほど前から、稽古をつけていただいている。まだいくらか閊《つか》えてしまうときもあるのだが、懸命に雪松は笛を奏した。

甦る　光の如く　冬過ぎて
春来《きた》りなば　種を蒔《ま》き
夏来《きた》りなば　嵐已《や》み
秋来《きた》りなば　竟《つき》にこそ
年も稔《みの》らめ
望月の　年も稔らめ
ゆきを待つ
楡の里にも　幸《ゆき》を待つ
この松の木に　雪白し
この松の木に　雪白し……

雪松の笛に合わせて、乙女は謡った。唄いながら、自ら舞った。
榊葉を手に舞い謡うこの曲は、この邑に伝わる冬至の鎮魂祭の神楽歌でありながら、雪松の名の由来となった歌でもある。

寒き冬に、来る秋の実り豊かなることを願う、「松に懸かる白雪」に「幸を待つ心」を掛けた歌。この歌に、偶《たま》さか、我が子が冬至の日に生を享け日下の御子となることを知った両親が、祈りを籠めてつけた名であった。

祭は終わり、二人は供えた食べ物や酒を撤《さ》げ、褻の間に於いてそれらを口にした。

「笛、上手になったわね」

お直会《なおらい》のお酒に少し気が緩んだところで、思いがけず褒められて、雪松は嬉しそうな顔をした。

「間違えずに吹けてほっとしました。神子様が舞い辛くなられないかと、必死で」

「雪松の想い、有難かったわ。お蔭で、二人きりだったけれど、良いお祭になったね」

雪は相変わらず降り続いている。

「お餅は少しだけにして、残りは後で御欠《おかき》にしましょう」

「それはいいですね。雪が溶けたら、また里の者たちに分けてやれます」

「お大根も切り干しにしておきましょう」

「陽射しはありませんが、空っ風でよく乾きそうです」

相談しながら、二人はどんどん捌《さば》いていった。

「でも、……本当によく降りますね。ここまで積もったのはこの冬初めてでしたが、もう十日も雪が降り続いております」

「そうね。先月にも悪風封じのお祭をしたけれども、この分では、春までにもう一度お祭をしておいたほうが良さそうだわ」

お撤がりの水を甕に移しながら、雪松は肯《うけが》った。

「そうですね。このあいだ里へ下りましたら、ちらほらと、悪い風邪が流行り出したという話をしておりました」

「そう、やっぱり。お年寄りや小さな子たちが、悪しき風に当たらないと良いのだけれど」

凍った魚を縄で縛って、乙女はそれを土間敷に吊した。その下の藁には、豆が納めてある。このところはよく冷えているが、うまくいけばあと少しで、納豆に仕上がっているだろう。

「寒の季節に入ったら、早速執りおこなうことにいたしましょう」

「ええ。……先代に伺ったわ、その昔にもこの邑で悪い風邪が流行って、とても大勢の人たちが亡くなったって」

「風邪は恐ろしいですからね。この古老柿《ころ》はどうしましょう？」

「流しの棚へお願い。夕餉に戴きましょう」

雪松が、神様用の水事に使う盥《たらい》を覗き込むと、朝に流した水の跡が、もう凍っている。

「本当に冷えますすね」

「ええ。風邪の人たちが心配だわ」

乙女は繰り返しそう言って、土間の竈《かまど》に火を起こした。火打ちの大鋸屑《おがくず》から立ち上る煙が、何処までも何処までも白く煙って見えた。


「祝様、神子様、何とかしてくだせぇっ！」

「どうぞ頼みます」

いきなり二十人《はたり》ばかりに詰め寄られて、二人は驚嘆した。陰暦師走を間近に控えた、ある晴れた朝のことである。

「この前の満月の次の日に、二度目の風除けの祭をしていただいたけれど、いやはや、どうにもなりはしませせぬ」

「また八人《やたり》も、新たに病人《いたづき》の者が出てしまったのじゃ」

人々は必死の体で詰めかけた。

「存じております。でも、一体どうすれば」

二人は頭を抱えた。

「楡神様のため、もっと大きなお祭をしてはいただけねぇものか？」

「そうじゃ。神様のお力を増やせたら、きっとこんな病は、すぐにでも治まるんじゃ」

邑人たちは口々に言った。

「しかし、もうお供え物がないのです。これ以上、大きなお祭ができるほどの蓄えは、此処にはありません」

「そこを何とか」

「でも。蓄えが足らないのは、皆様にしても同じでしょう？」

「何とかしてくだせぇ」

「何とかして差し上げたいのは山々ですが」

年が明けて、二人の予想は悪いほうに当たっていた。暮れから流行り出した風邪は、雪の多さと共にあっという間に邑を覆い、老人や子供を中心に臥せる者が相次いでいた。

しかもその風邪というのが、一度《ひとたび》寝込めば半月以上は他人様《ひとさま》の世話にならざるを得ないほど、症状の重いものであった。そのうえ、家で一人が倒れれば次の日にはその家のもう一人が、三日後には更にもう一人が倒れてしまうといった伝染《うつ》りの速さで、僅かひと月ほどのうちに、邑の半数近くが寝込むという状態にまで至っていたのだった。

「せめて、薬士《くすし》に診てもらえたらなぁ」

詰め寄る群衆の中で、一人が呟いた。

「何言ってんだ、公方様《くぼう》のいらっしゃるあちらの町ならともかく、うちの邑には、薬士なんて来やしねぇよ」

誰かが反論した。それにまた反論する者がいた。

「でもよ、もし薬士がいたら、何か良い治療法を教えてもらえるかもしれねぇしさ？」

「駄目だ、駄目だ。薬士は何せ金がかかるんだ。おらが邑には、薬士に来てもらえるような金なんて、天と地がひっくり返ったって見つかりゃしない」

「それはそうだが。……どうも公方様の処では、唐《から》より、高い人参を買い付けて、それで病気を治してるって聞いたんだが」

「それは公方様だからおできになるんだろうよ」

邑人たちはうな垂れた。

「長老方も臥せってるって話だ。もうおらたちにゃ、良い考えも浮かばないよ」

困っている人々を見て、二人は居た堪れない思いになった。

「どうしましょう、神子様。何か方法は……」

雪松の問いに、乙女は肩を落とした。

「春が、早く来てくれると良いのですが」

そして奥から干した薬草を持ってくると、

「今はせめて、わたくしたちの持っている、この薬草《くすりぐさ》をお頒《わか》ちいたしましょう」

と邑人たちに分け与えた。決して多くはない薬草であったが、幾許かの熱冷ましにはなるかもしれない。

「忝《かたじけな》い」

人々はそう繰り返して、帰っていった。

「神子様……」

雪松は心配そうに乙女を見遣った。

「大丈夫よ」

乙女は二様《ふたよう》にとれる言葉を呟いて、雪松に答えた。

乙女は、さほど体が強いほうではなかった。日下の御子として生まれながらも、その節制された暮らしの中で、心に反するかのように体が掟《おきて》についてゆけず、調子を崩してしまうことが度々あった。

薬草は、それがゆえに乙女が備えていたものであった。古より体に良いと伝えられてきた草の葉を天日に干して、何種類かを取り合わせた独自のものである。

それを、乙女は邑の民にくれてやったのだ。命綱ともいえる薬草を欠いて、ただでさえ厳しいこの冬を乙女が無事に乗り越えてゆけるのか、雪松には不審だった。

その夜のことであった。

二人が忌屋で眠っていると、夜中に激しく戸を叩かれた。

「神子様、祝様、起きてくだされ！」

何事かと、二人が鎧戸を開けると、

「お願ぇします」

三日前の雪が溶け残る道の上に、一組の夫婦が平伏していた。

「虎吉《とらきち》さに、升乃《ますの》さ。どうしたのですか？」

雪松はびっくりして尋ねた。二人は言った。

「おらとこの宇女《うめ》と茅乃《かやの》が、もう駄目かもしんねぇ」

「神子様の薬草もやったんだが、どうしても治らないんじゃ。もう水も呑まなくなって」

「今夜が山かもしらねぇ。どうとか、どうとか、楡神様に取り次いでもらいたくて」

二人の切羽詰まった様子に、雪松は乙女を振り返った。

雪松が知っている限り、この乙女は、如何なるときも野木邑の人々の心と共に在った。そして、これまでどんなに難しいことにも、邑人と共に、楡神様を信じる心で乗り越えてきていた。その真摯で真っ直ぐな温かい人柄を、雪松は誰より尊敬していた。

乙女は頷いた。

「まだ丙夜《ねのとき》のうちね……。楡神様のお水を持って、虎吉さの処へ伺いましょう」

二人は急ぎお神酒とご神水や洗米を持って、虎吉の家へ向かった。空には星が輝いていた。


虎吉の家に着くと、二人は榊を挿し立て、楡の樹の神を招いた。そして、虫の息の宇女と茅乃の唇《くちべり》をご神水で濡らすと、鈴の音で清め、お神酒と洗米と塩を供えて神に祈った。

「どうぞ、二人の危急をお救いください」

宇女と茅乃は、とても苦しそうだった。熱で真っ赤になった顔をめいっぱい膨らませて、はぁはぁと荒い息をしているのに、こちらの言葉も判らないようであった。

声をかけても、反応はなかった。ただ、その荒い息遣いさえ次第次第に小さくなっていくようで、二人は恐ろしく思った。この祭で楡神様のお力が彼女たちを助けてくれるのか……、疑うわけではないにせよ、容易く信じられないような不安が衝き上がってくるのを、二人は抑えられなかった。

祭がひと通り終わってお供え物を片付けているとき、不意に、虎吉の妻の升乃が倒れた。

「大丈夫ですか⁉」

慌てて雪松が抱えたものの、升乃は汗をかいてぐったりとしている。

雪松が額に手を当ててみると、升乃は湯でも沸きそうなほどに熱くなっていた。

「同じ病のようです」

「そんな、升乃まで！」

これまでの看病《みとり》の疲れが出てしまったのだろうか。虎吉は悔しそうに地団駄を踏んだ。升乃に褥《しとね》の用意をしながら、雪松は言った。

「今宵は私も看病をいたします。ですので、虎吉さもどうか諦めないで」

「しかし、それじゃ祝様まで倒れてしまうんじゃ……。日下の御子がいなくなったら、この邑は終わってしまいます」

心配する虎吉に、雪松は安心させるようにきっぱりと答えた。

「大丈夫です。神子様と違って、私は一度も風邪になんか負けたことがないのですから」

そして、乙女を少しでも早く家から出すべく、

「神子様、神籬《ひもろぎ》にした榊のこと、よろしくお願いいたします」

と乙女に向かって言った。乙女は名残惜しそうにしながらも、深く頷いて外へ出た。

虎吉と雪松が三人を看護している間に、乙女は楡神の杜へ帰ってきた。

着くなり、手にした榊を楡の根元《ねかた》へ挿し立てて、乙女は再度《ふたたび》祈った。

……楡神様、楡神様。どうか、どうか、宇女と茅乃をお助けください。

少し雲が出てきた空の彼方で、星が流れていた。今はちょうど丁夜《しこう》の頃だろうか。夜が最も深い時間帯に差しかかっていた。

きっと雪松は、しっかり三人の面倒を見ているだろう。しかしあの様子では、娘二人とも朝まで保《も》たないかもしれない……。

乙女の瞼に、苦しそうな娘たちの顔が浮かんだ。

「楡神様……」

あの家から自分が帰されてしまったのは、この体が弱いからだ。そのせいで、あんなに苦しんでいる人たちがいるのに、自分はその傍にもいられない……。

乙女は自分が歯痒かった。

楡神様。わたしにも、あの人たちを守る力をください。

やがて、乙女はじっとしていられなくなって、そこから立ち上がった。松明《みあかし》の灯りも土間に放り出し、乙女は晴の間に上がった。

楡神様、楡神様。どうか、わたしを強くしてください。

晴の間で、普段は神棚としている案《つくえ》を乙女は見上げた。そこには、白い紙で小さな形代が作ってあり、榆神様のお姿写しとして拝むことになっている。

乙女は、その御形代を暫し無量の感で眺めてから、意を決したように、その案の上に手を伸ばした。

案は先述したとおり、神棚とされている。神様のいらっしゃるお場所なので、榆神に仕える日下の御子といえども、お供え以外では滅多なことで手を上げたりしない。

でも、今宵だけは。

やがて乙女はそこから、一本《ひともと》の笹葉を取り出した。乙女はじっとその青竹を凝視した。

笹葉は、山女魚ほどの長さで小さなものであったが、この冬の最中《さなか》でも、清々しい緑色を湛えていた。

乙女はこの笹葉を採り持つと、一人、神楽を舞い始めた。

たてまつる　今の願ひを　許し賜へ
許し賜へ　榆の樹の神　許し賜へ……
掛けまくも　尊く畏き　烏羽玉《ぬばたま》の大神
何とぞ　何とぞ　愛《めぐ》み賜へ

何とぞ　何とぞ　護《まも》り賜へ
この邑の　人の心を　美《らう》たしと
この邑の　人の心を　清《さや》けしと
嘉《よみ》し賜ひて　幸《さきは》へ賜へ

乙女は、渾身の祈りを籠めて、舞を舞った。

小さな笹であるが、乙女が振ると、不思議に笹葉は煌々と若葉色の光の雫《しずく》を零《こぼ》した。まるで、樹《いつき》の杜《もり》の神が泣いているかのようでもあった。

……お願いです、楡神様。今だけ、この方に祈ることをお許しください。

どうか、どうか、あの二人を助けてください。そのために、どうか……。

乙女は、時を忘れて舞い続けた。


どのくらいの時間が経ったであろうか。

舞い疲れた乙女が遂に板間に腰を下ろしたとき、不意に表で楡の木の葉が鳴った。ざわざわと一際大きな葉擦れの音に、乙女ははっとして、箆を握ったまま戸口に駆け寄った。

先程から、慌てて出入りをして外したままになっていた鎧戸の向こうに、乙女は、確かに人影を認めた。

「篁《たかむら》様っ！」

名を呼び、乙女は表へ出た。楡の大木の傍に、一人の男が立っている。

青年は旅の出で立ちで、浅い菅笠を被り、背中に小さな布包みを背負っていた。しかし、遠路をゆく杖も持たず、またこの暗いのにも拘《かかわ》らず、松明などの灯《あかし》も手にしていない。

「お蔭様で、近くにまで来られたものですから」

青年の声は、澄みきった神楽鈴を思わせるかのように、落ち着いた響きを持っていた。

「篁様……。とてもお懐かしうございます」

乙女は、俄に胸がいっぱいになるのを感じた。

「まさか、本当にまたお目文字を賜えるなんて」

青年は笠を脱いで、乙女の前で、僅かの間、楡の木に手を合わせた。

「わたしたちの神様を拝んでくださるのですね……？」

昂《たか》ぶった声で、乙女は訊いた。

「知らない仲でもありませんから」

卒のない返答に、乙女は思わず溢れそうになった涙《しお》を堪《こら》えた。

「戴いたこの笹葉、御神楽の手草《たくさ》にして良いものか、見当もつかなくて。あの朝から、ずっと神棚に上げてあったのですが。でも今夜、どうしても榆神様だけではお辛そうな祈禱《ねぎごと》があって」

乙女は青年を忌屋へ誘《いざな》いながら、言葉を続けた。

「術《すべ》も判らぬまま、いつしかあなた様に願っておりました。勝手なことをしてすみません」

青年は、乙女から笹葉を受け取ると、軽くその葉を撫《な》でた。

「いいえ。信じてくれる者、呼ばう者が在るならば私《わたし》は何処へでも行くと、嘗《かつ》てこなたに言いましたね。私は、私を信じる者が在ったから来たまでのこと」

青年の言葉にいくらか安堵しながら、乙女は青年を忌屋へ上げた。

「どうか、此方《こちら》へ。お話ししたいことがあるのです」

褻の間に通して、乙女は白湯を淹れた。青年は旅支度を解くと、板間に上がった。

「今年は、ずいぶんと性質《たち》の悪い風邪が流行っているようですね。此方へ来る間にも、邑人のほとんどが亡くなってしまった里をいくつか見かけました」

「やはり他所《よそ》でもそうなのですね」

乙女は溜息をついた。

「この邑でも、半分くらいの里人が病に臥しております。……篁様は、旅の途上でお風邪など召されはしませんでしたか？」

乙女の言葉に、青年は少し微笑んだ。

「私が風邪などひけない体であることは、……もうお解りでしょう？」

「……そう、ですね」

「それより、もう一人の日下の御子は外に出ているのですか？」

履物のないのを見て、青年が尋ねた。

「はい。……今、里の者の家へ看病に出ておりまして」

乙女は、思い詰めた表情で青年に語った。

「宇女と茅乃の容体が、特に悪いのです。これまで、病人は出ても、楡神様のお守りのお蔭で、この邑からは身罷《みまか》る者は出ないで済んできました。でも今宵……」

続きの言葉を口にするのを、乙女は躊躇《ためら》った。

「二人は、今夜が峠なのかもしれません……。宇女は十四歳、妹の茅乃に至ってはまだ、たったの四歳《よっつ》なんです。何とかして助けてやりたいのに、わたしの薬草ではうまく熱が下げられなくて」

乙女は、あとひと包みだけ手許《てもと》に残しておいた薬草の挽《ひ》き合せたものを、青年に見せた。

「わたしの体のために、毎年作っているものです。わたしの邑には薬士がおらず、高いお薬は誰も買えませんから」

青年は挽いた薬草の粉を受け取り、香りを嗅いだ。

「そうですね……、この組み合わせでは、今年の流行り風邪には厳しいかもしれません」

そして脇に置いてあった布包みを開いて、掌《てのひら》に載るほどの小瓶を取り出した。

中には、砂のようにさらりとした非常に細やかな粉が入っていた。

「これは、藍《あい》の変わり種の根から作った、唐の薬です。熱の高い病にとてもよく効きます」

「では、此度の流行り風邪にも？」

青年は頷いた。

「湯でよく溶いて呑ませてやりなさい。罹《かか》っている者のほとんどは、それで治ることができるでしょう」

乙女は目を輝かせた。

「有難うございます。……でも、残念なことに宇女と茅乃は、もう水も呑むことができないのです」

話しかける言葉ですら、二人には全く聞こえていないようだった。衰弱しきって動くこともできないのだと思われた。

……まだ、若いのに。

このままでは、熱で体ごと乾上がってしまいかねない。せっかくのお薬を無駄にはしたくないのにと、乙女は悔やんだ。

「では、私の言う場所を焙《あぶ》った針で突いてください。少しの間だけ意識《こころ》が戻って、水を呑めるようになるでしょう」

青年は鍼《はり》を施すべき場所を示して教えた。

「助かります。どのくらいの強さで突けば良いでしょうか？」

「このくらいの力が良いかもしれません」

青年は乙女に断ってから、首の下の背中の部分に鍼を打った。びくり、と一瞬痛みが走ったものの、寧ろ心地よい刺激にも感じられて、乙女は納得した。

「これより軽くても構いません。ともかく、病《いたつき》の者が目を醒ませばそれで充分です」

話しているうちに、乙女は、己の体が俄にぽかぽかと暖かくなってくるのを感じた。

「娘たちに打つべき処とは違って、今こなたに鍼を刺した場所は、こなたが病を得ないための経穴です。この薬もまた、病を治すためにも益となりますが、病を得ぬために予め呑んでおくことができる代物でもあります。いつもの薬草で敵《かな》わぬ風邪には、此方を勧めておきましょう」

「有難うございます。すぐにも、宇女と茅乃の処へ持って行ってやります」

乙女は起ち上がった。戸口へ出かかった乙女を、青年が引き留めた。

「今少し待ちなさい。その薬、恐らくはこの冬いっぱいは保ってくれるでしょうが」

乙女は、はっとして振り返った。

そうだ、こんな貴重で高い薬、贅沢には使えない。

「雪が消えたら、この種を蒔きなさい。出た芽を、皐月の初めての雨の後に植え替えて、細目《こまめ》に肥《こえ》を施し、水を露《つゆ》ばせで日に二、三度やって大切に育てれば、やがて黄色い花が咲きます。晩《おわ》りの夏にその根をとって煎じれば、次の冬にも役立つはずです」

青年は、数粒の種を渡した。乙女は大切そうに受け取ってから、その種を和紙に包んで神棚に置いた。

「二人のためだけでなく、邑のこれからのことまで。本当に有難うございます。宇女と茅乃も、きっときっと治してみせます！」

乙女はお辞儀をした。その言葉に、青年がふと呟いた。

「宇女……、何とも懐かしい名ですね」

青年は如何にも慕わしそうな眼差しで言い、先に戸口に立った。後を追うようにして、乙女も松明と荷を担《にな》った。

「……はい。あのとき助けていただいたあの娘《こ》も、来年にはもう一人前です」

乙女は、七年前にこの邑が襲われた、ひとつの事件を思い出していた。

「本当にお蔭様でした」

青年は頭《かむり》を振った。

「宇女を救ったのは、私ではなくて、こなたです。身代わりを買ってまで、娘と邑を守ろうとした……。その直向《ひたむ》きな思いに打たれない者は、もはや人でも神でもありません」

「いいえ、とんでもないです」

乙女は、恥じらうように首を振った。

「わたしは、日下の御子として、できる限りの知恵を絞ろうとしてみただけ……。あなた様は、そんな知恵足らずのわたしに、考えを足してくださったのです。篁様がいらっしゃらなければ、今わたしがいないばかりでなく、邑もどうなっていたか判りません」

「いいえ。かのときにもこなたに言ったように、信じて頼みとしてくれる者の想いがなければ、何人も、誰とも縁を結ぶことはできないのです。先回も此度も、まず求めてくれるこなたが在ってこそ、こうして話をする機会も生まれたのですから」

言って、青年は今一度、門口の大きな楡の古木を見上げた。巨樹は、その体を大きく震わせてさざめいた。

「楡神様……」

乙女は、大樹の悲しい気持ちが解るような心地がして、幹を摩《さす》った。すると、青年は樹に向かって穏やかな声で応えた。

「何も心配は要りません。ですから、……ご自愛ください」

そして乙女を向き直ると、袂《たもと》から先程の小竹を取り出して乙女に手渡した。

「懐にでも忍ばせてゆきなさい。これはこなたの採物《とりもの》、きっと守ってくれるでしょう」

「有難うございます」

「斎笹よ、この笹葉がこなたの手元にある限り、私はこなたのことを忘れはしません」

乙女は深く頷いて、笹葉を胸元へ仕舞った。

「また、用があれば参ります。今は急ぎ虎吉の処へゆきなさい」

「行ってまいります」

乙女は青年に軽く頭を下げてから、虎吉の家へ向かって走り出した。所々に残る氷雪に履物をとられぬよう、足元に注意を払いながら。

空にはすっかり雲の帳が立ち籠め、真っ暗であった。

寺の鐘が五更を示した。戊夜《とらのとき》。冬の夜明けまでは、まだ三、四時間ある。

「神子様、春告鳥《はなみどり》がもう鳴く稽古をしております」

雪松の声が、庭先から一際明るく届いた。

「本当に⁉　漸く冬が明けるのね！」

乙女もまた明るい声で、中から応えた。近くの梢から、つんのめった法華経の声が聞こえる。

「桃の花も、蕾《つぼみ》が緩み始めました。どうにか、春のお彼岸には間に合ってくれそうです」

「良かったわ。今年も、邑の皆で揃って御霊祭《みたま》ができそうね。ほんに有難いこと」

開けてゆく霞に青空の到来を知って、乙女は満杯の洗い籠を持ち出した。

「まこと、左様でございますね。この冬の寒さには大変悩まされましたが、神子様が持ってきてくださいましたお薬のお蔭もあって、誰一人、命を落とす者は出なくて済みました」

一間先の細流《せせらぎ》で、解《ほど》いた装束を濯《すす》ぐ。雪解け水の冷たさにも、ある程度辛抱ができるようになるこの頃が、邑の女《おみな》たちが最も喜ぶ季節だ。

「宇女も茅乃も事無きを得て、ほんとに安堵したわ。暫くは、雪松も大変だったでしょうけれど」

三人が床に臥せってしまった虎吉のために、雪松はそれから五日ばかり、夜を徹しての看病に勤しんだのだ。

「ええ。でも、熱に浮かされた皆からすれば、私の苦労なんて。それよりも私は、神子様がお伝染りになられなかったことのほうが驚きでした。か弱い神子様のこと、里があのような状態のときに長居をされたら、きっと寝込んでしまわれるだろうと心配しておりましたが」

いつもなら真っ先に寝込んでしまう乙女が、この冬は最後まで咳きひとつ洩らさず、病み臥している邑人たちの家を廻って励まし続けたのである。

「お蔭様で、あのお薬はとても良いお薬だわ」

乙女はにっこりと笑って、洗い終わった衣《きぬ》を籠へ戻した。

「確か、あのお薬は治すばかりでなく、防ぐ効能もあるとか。神子様には、まさにうってつけですね」

「ほんとに。あのお薬も、とうとう空になってしまったけれど……、そうだ雪松。今日は、この次の冬のため、あの薬草の種を蒔きましょう」

乙女は重たい籠を持ち上げて、軽やかに忌屋へ歩み出した。

「はい。お薬はなくなってしまっても、種まであるなんて心強いですよね」

後ろから、更に大きな籠を抱えた雪松がついてくる。

「……でも、神子様。ちょっとお伺いしたいことがあるのですが」

雪松の声色が少しだけ下がったのに、乙女は気がついた。

「どうかしたの？」

若干戸惑って、それから思い切って雪松は尋ねた。

「あのお薬は、唐薬《からぐすり》だと仰いましたよね。あの晩、先にお一人で帰られた神子様が、あのお薬を持って再び訪ねてきてくださったとき、とても助かったのですが。あのような高価なお薬を、どちらから手に入れられたのかと考えますと……」

「ああ、それね」

乙女は歩速を落とした。

「邑には、あのような良き薬を持っている者はありませんでした。恐らくは、何処か別の場所から流れてきたものだろうとは思うのですが」

「…………」

「神子様、何か、私に隠されていることがあるのではないですか？　例えば、あのお薬は公方様のものであったとか」

「雪松は、わたしが公方様から奪ったか、頒《わ》けていただいたとでも思っているの？」

遮るように言った乙女の眼差しに制されて、雪松は慌てて頭を振った。

「いえ、そういうわけでは。では、あのお薬は、公方様のものではないのですね？」

乙女は認めた。

「公方様の処には、紅参があるのですもの。あのお薬に頼るまでもないはずよ」

「確かに、そうですね。しかし、そうならば、神子様は一体、どちらからあのお薬を？」

乙女は立ち止まって、それから遠くを眺める目つきで答えた。

「旅の、薬士からよ」

「旅の薬士……？」

乙女はそうよと、そのままの目つきで答えた。

「あの夜、もう一度、神様にお願いしていたら、……急に人の気配がして。旅の薬士が表に立っていたのよ。それで事情を話したら、あの薬と種を」

「あのような夜更けに、迷い人がですか？　俄には信じられませんが」

「本当よ。そうでなければ、わたしだってあんなお薬、手に入れられるわけがないわ」

「でも、……それにしては、その薬士も気前が良すぎませんか？　邑人全員を助けられるほど大量の唐薬など、公方様どころか天子様のお屋敷が建ってしまいます」

雪松は、とても承服できないと訝《いぶか》った。

「それでも本当よ」

乙女は緩やかな口調で落ち着いて答えた。

「あの方は、……最初から、お優しい方だったもの」

その科白《せりふ》に雪松が噛みついた。

「その旅の薬士と神子様とは、予てお知り合いだったのですか？」

激しい剣幕にびっくりして、乙女は少し辟易《たじ》ろいだ。

「それは……。いずれにせよ、きっと楡神様が遣わしてくださったのよ。旅の薬士を、邑のために」

「楡神様が？」

「ええ。楡神様が、わたしたちの一生懸命の願いを聞き届けてくださったから」

……だから、あの方が来てくださったんだわ。

乙女の言葉に、漸々、雪松は平常心を取り戻した。

「楡神様がお遣わしになったのであれば、……こういうことも、起こるのかもしれませんね。大変、不思議ですが」

二人は忌屋へ戻ると、畑の道具を手に取った。この日のために、鋤や鎌などの道具を、邑人たちから寄進してもらってあった。

忌屋の裏には、日下の御子以外の出入りが禁じられて御留場《おとめば》になっている竹林がある。その麓に、日当たりの良いなだらかな丘状の台地があって、二人は、そこで変わり藍を栽培することにした。

種はすくすくと育ち、植え替えを経て、やがて夏を迎えた。

「この根を煎じて、薬を採れば良いのだわ」

乙女は屈《かが》み込んで、赤紫の根を眺めた。

「しかし、まずは天日に干すべきですよね？」

雪松の問いに、首を傾げながら乙女は頷いた。

「恐らくは。でも、戴いたお薬は粉になっていたわ」

「そうでした。干して、砕いて、……煎じるのは、服む直前で良いということなのでしょうね？」

「でもあの粉……。さらさらと浜の砂のようで、草を砕いた感じではなかったわ」

石臼でどれだけ挽いても、あそこまで細やかな肌理《きめ》にはならない気がする。

「しかも、あれはそのまま、煎じずに、湯で溶いて呑めましたよね？」

乙女も頷いた。

「そのほうが、この薬草の持つ力を全部戴くことができるわ。けれど」

二人で、変わり藍の根を前に、ああでもないこうでもないと、日長話し合う。

「もう少し詳しく手順を聞いておけば良かったわ。ごめんね、雪松」

「いいえ、神子様の責務ではありませんよ。ただ、……神子様はその薬士と、それ以前にも、お逢いになったことがあったのですよね？」

「ええ、まあ」

乙女は微かに答えにくそうにしながら、それでも頷いた。

「でしたら、その薬士に手紙《たまずさ》をお送りになって、教えていただくようになさっては」

「手紙を⁉」

雪松の発案に、乙女は瞬間、裏返りそうな声を上げてしまった。

野木邑の住人たちは、常々、雪松の柔軟で豊富な発想力に助けられているのであるが、流石《さすが》にこの提案には二つ返事で諾《うべな》うこともできず、乙女は目を白黒させた。

「そんなに私、可笑《おか》しなことを言いましたか……？」

思わず、雪松も顋を掻く。

「それは、ちょっと、……難しいと思うわ。何しろ、旅に暮らしている薬士だから」

「そうですか」

雪松は少々落胆した。

「しかし、まことそんな機会があると良いのですが。お薬は、一歩間違うと、毒にもなってしまいかねません」

「それはそうね。公方様の処へ出入りしている薬士にでも、訊いてみることができれば良いのだけれど」

と、突然、雪松が膝を打った。

「なるほど。それでは今度、玄馬《げんま》にでも頼んでみましょう。玄馬は、利尿《つうじ》の妙薬になる楡玉《にれだま》を、御殿医に納めておりますから」

「流石、妙案の雪松。それは良い考えかもしれないわ」

「それならば、盛りの夏のうちに教えを乞えそうです」

早速、雪松は、玄馬の処へ出かけていった。

しかし、ほんの四日ほどして玄馬から連絡を受けた雪松は、二度《にたび》、肩を落として帰ってきた。

「神子様、例の変わり藍のことなのですが」

ふう、と雪松は長い息をついた。

「どうやら、かなり珍しい代物なのだそうです。紅参を届けてくる公方様の薬士でさえ、夏に黄色の花が咲く藍から採る方薬など、ただの一遍も見たことがないと話していたそうです」

藍は、古く我が国でも栽培され、虫を制するなど独特の力が知られていたが、通常は、秋に紅色の穂状の小花をつけることで知られている。

「そう」

乙女は、畑に子供の背丈ほどにまで伸びた薬草を見つめた。

この名も知れぬ薬草は、聞いていたとおりに、確かに小満の頃、黄色の総状の花をつけて咲いた。

乙女は、もう一度根を見遣った。根は赤紫に、炎が揺らめいているように耀いていた。

……この薬草を、ちゃんとお薬にしておかなくては。

この前の冬の光景を思い出すたびに、邑の皆のためにも薬を蓄えておきたいという強い思いがあった。

「いずれ種は採れるけれど。作付して一年目。まだそんなにたくさんは無茶だから」

一本すらも、無駄にしないために。あれこれと試行錯誤をして、せっかくの収穫高を減らすわけにはいかない。

「やはり、戴いた方にお尋ねするしかなさそうだわ……」

乙女は忌屋に入って、神棚を見上げた。

「神棚に、何か在るのですか?」

怪訝そうな瞳で、雪松が問うた。

「……いいえ、別に」

乙女は躊躇いがちに答えて、忌屋を出た。雪松は不承な思いのまま、乙女の後ろ姿を見送った。

第二章　篁の教え

忌屋を出ると、乙女は楡の木の傍へ行き、小さく手を合わせた。

楡神様。

あの薬草は、煎じてから粉にするのでしょうか？　それとも、砕いてから煎じるのでしょうか？

「やっぱり、あの方しかご存知ないのかしら」

乙女が瞳を上げると、大木の太い幹の背景に、目も眩《くら》まんばかりの真っ青な夏の空が視界に飛び込んできた。蝉の、まるで夕立のような囀《さえず》りが、頭の上から降り注いでくる。

「こんな真夏の昼日中には、とても無理かもしれないわ」

乙女は溜息をついた。

夏の、眩《まばゆ》い光と熱を謳歌する命の騒《ぞめ》きが満ち満ちている、炎天下の午後。

「あの方とは、いつも夜にしか、逢い見《まみ》えてきていないから」

蝉の夕立が、一層大きく耳に谺《こだま》してくる。もはや蝉の滝だと、乙女は思った。

風も已み、一片《ひとひら》の葉の戦《そよ》ぎもない樹下の斎庭は、むんむんとした熱気が籠もり、蒸し暑いくらいに感じられた。

と、乙女の目には、あちらの大地が、ゆらゆらと萌え立っているようにも見え始めた。陽炎《かげろう》が燃えているのであろうか。

……あの薬草の根のようだわ。

乙女は逆上《のぼ》せるような心地がして、暫し、夢現《ゆめうつつ》にその光景を眺めていた。

どのくらいそうして佇んでいただろう。涼やかな声音に、乙女は、はたと我に返った。

「別段、私は夜行《やぎょう》の者などではありませんよ」

乙女は少しくほっとして、夢見心地のまま答えた。

「お越しいただくのは厳しいかと存じておりました」

「言ったでしょう、用があれば来ると」

相変わらず卒のない青年の言葉に、乙女は微かにおどけて言った。

「それが、普通の人でも大変な、日盛りの最も明るく、最も暑い時間帯にでもですか？」

言われて、青年は細《ささ》やかに苦笑した。

「私を何だと思っているのでしょう。確かに、こなたとは異なる性もありますが、普段の私は、皆と同じ暮らしをしているのですから」

乙女は意外な答えに驚いた。

「そうだったのですか……？」

「そのように話したと思いますが。ただ、旅に在ることが多いのは事実ですけれども」

そうだったかしら、と思いを巡らしてみる。

「そういえば、お生まれは奥州平泉《ひらいずみ》と仰っていたような」

「正確には、もう少し北の、衣川《ころもがわ》を越えた膽沢《いさわ》の地になります」

「衣川……。御館《みたち》が焼けた処ですね。ならば、篁様もやはり、かの戦《いくさ》で焼け出されたのですか？」

衣川の地には安倍《あべ》様の柵が建っていたというのに、それが源氏に攻められて落ちたという知らせは、乙女の耳にも入っていた。

「そのようですね。幼い時分のことですから、自身ではあまり覚えていませんが」

「以降はどちらにお住まいで？」

それを聞けるなら、消息《しょうそこ》も届けられるのに。

「ほとんどが旅暮らしですから、定まった家屋敷は持たないようにしています」

「では、此度は、どのあたりに逗留なさっていらっしゃるのでしょう？」

「今は相模國《さがみのくに》、桂川《かつらがわ》の畔《ほとり》におりました」

「それは遠い道程を、すみません」

乙女が頭を下げると、青年は鰾膠《にべ》もなく答えた。

「幸か不幸か、足の軽いのは生来《うまれつき》、山道を行くにも慣れていますから」

「ですが、かの大山《おおやま》は、かなり山深い土地ですよね。生計《すぎわい》はどうやって？」

「山には獣もおりますし、水辺にも魚が泳いでいますから苦労はしません」

三度《みたび》、卒ない返事が返ってきた。

「でも、お一人だと、猟《かり》をするにも漁《すなど》るにも、何かと大変なのでは？」

「罠や網を張ることもできますし、……こう見えても、腕っぷしで人後に落ちることはありませんから」

猪や鹿ならばそのまま素手で絞めてしまうのだと、青年は言った。一目《ひとめ》、公達風の色白で華奢にも思える青年の腕《かいな》は、細作りながらも隆々と筋張った肉に覆われていた。

やはり殿方なのね……、と乙女は思った。温雅で優《やさ》な出で立ちに見えても、自分のすぐにも折れてしまいそうな頼りない体つきとは全くの別物である。

そういえば、あの朝も、あなた様はわたしを背負っているにも拘らず、荒れた山道を跳ぶような速さで下ってゆかれたわ……。

乙女は七年前の出来事を思い出していた。いや……。

「戴いた薬草のことを、もっとお聞きしたくて」

乙女は話題を切り出した。

「人伝《ひとづて》に尋ねてみましたら、とても珍しい草なのだそうですね。赤い花の藍のことでしたら、公方様の御殿医も詳しくご存知だそうですが、このように黄色の花をつける藍については、皆目聞いたことがないと」

「それは、そうかもしれませんね。畑を見ても？」

「ええ、裏の御留場にお廻りください」

乙女は先立って案内した。気のせいだろうか、足取りが弾んでいるようにも思える。

その様子を、遠くから覗いている二つの瞳があった。

……神子様、其方《そちら》には、日下の御子以外、誰も通してはなりませんというのに。

しかし乙女は、そんなことは露も知らずに、青年を御留場へ迎え入れた。

「今は、こんなに大きくなりました。あとひと月も過ぎれば、刈り取りかと考えているのですけれど？」

青年は膝を折って、薬草の根を確かめた。

「畝《うね》も綺麗に手入れされていますね。……あのときはあまり時間もなく、詳らかにはお教えできませんでしたが、うまく育てているようです」

「有難うございます。でも、亀虫が酷くて」

乙女は、虫のついた葉っぱを青年に見せた。

「確かにこの草は、虫のつきやすいのこそが難儀なのです。葉から青い色の素《もと》を採れば、虫除けの良い染料になってくれるのですが、草自身はどうにも虫に弱いもので」

言って、青年は背後の竹林を指差した。

「藪から竹の小枝を十数本採ってきて、それで箒《はばき》を作ると良いでしょう。葉に当てないように気を付けて、さらさらと打ち払うようにすれば、虫を追いやすくなります。椿象《くさがめ》は、蓑《みの》に受けて捨てれば楽でしょう」

乙女は頷いた。

「刈り取りましたら、どのようにしてお薬にすれば？　戴いたお薬は、粉のまますぐにお湯で溶けましたけれど、あのようなお薬はわたしは見たことがないのです」

乙女は、その調え方を学びたくてあなた様に逢いたかったのだと伝えた。

「あれは、冬の長きに亘ってこなたらが使いやすいように、特別の業を用いて拵えたものです」

「お蔭様で、とても都合が良うございました」

「ただ、こなたらには難しい調法ですから。普通に干して、都度、煎じて呑むようにすれば良いでしょう」

「どうしても難しいでしょうか？」

あの粉薬は、保存も簡単で、軽く持ち運びしやすかった。何より、服用する間際になって長々と煎じる必要もなく、親が寝込んでしまった場合にも小さな子供でも扱いが容易《たやす》かった。

「そうですね……、もし、採れた草を夏でも氷の溶けない永久《とこしなえ》の北の大地に持って行き、其方で海の底の龍宮から須弥山《しゅみせん》の彼方にまで一瞬で運び上げるようなことができるなら、こなたらにも可能かもしれませんが」

乙女は呆気にとられて、目をしばしばさせた。青年はくすりと笑って、

「ですから、無理をせず煎じたほうが早いでしょう。……夏が終わるまでに、お陽様の機嫌を鑑みて刈り取り、直ちに干しなさい。それをその日の昼過ぎには取り集め、二尺五寸ほどに束ねて家に入れなさい。一晩経って明くる朝、根元を葉のついているあたりで切り、葉と茎と根を分けた上で、細かく刻みなさい」

「葉も、刻むのですか？」

「葉もとっておけば重宝します。乾かした後、水に浸して石灰などを施してやると青い粉がとれます。先程も言ったように、それは虫除けの薬や染物に用立ちます」

「解りました。刻んだ後は、また干すのでしょうか？」

「日当たりで採れたものは日陰に、日陰で採れたものについては日向に干すと、うまく乾きます。葉を染物に使うのであれば、刻んだ後に水に浸けて四日ばかり白い黴《かび》が噴くのを待って干す、と

いうやり方もありますが、……今は専ら薬にするためですから、切ったらすぐに干して構いません。中までしっかり乾いたところで、臼で衝いて砕いてしまうと勝手が良いでしょう」

乙女は真剣に耳を傾けていた。

「挽き上がった粉を風の通る涼しい処に蓄えておき、時が来たら、土の鍋に、匙《さじ》あたり一山ばかりの粉を入れて水差し一杯分の水を加え、とろとろと煮出しなさい。水が沸き始めたら、炭火のような緩い炎を心がけ、気長に煮詰めなさい。水が初めの半分ほどになれば本懐です」

「薄めずに呑めますか？」

「ええ。より望ましくは、湯薬が温かいうちです。この薬草は、一方で体を冷やす性質がありますから」

乙女は深く頷いた。

「やはり、お伺いして正解でした。お薬は一歩間違うと、どんな弊害が起こるか。雪松も心配しておりました」

「この草は、旧《ふる》く醍醐帝に仕えた蜂田薬師《はちだのくすし》が、本草書に〝はとくさ〟と書き伝えたものですが、……赤ではなく黄の花が咲くものは、未だ唐からも持ち出されてはいないため、公方の御殿医であっても見たことがないのは無理もないことです。黄色のものは特に秀でて効果が強く、流行り病には勿論、解毒や解熱に広く通じ、刀傷や蛇毒の治癒にも用いることができる妙薬です。ただ、長く続けて摂りすぎると、却って脾胃を損ねてしまいますから、人々に頒けるときには、このこと充分に気をつけなさい」

「はい、邑の秘伝薬として大切にいたします」

乙女は嬉しそうに謝辞を述べた。

「本当に有難うございました。篁様には、いつもわたしたちの邑を支えていただいて、感謝でいっぱいです。お礼はどうしたら？　冬にもお世話になりっぱなしで、……いえ、抑々《そもそも》あのときだって」

そう、七年前のあの日も、あなた様は何も受け取ってはおられない。

相変わらず、素っ気ない声が返ってきた。

「礼など結構です」

「ですが！　わたしたちの神様でも、お祭の際には、お供え物を饗《みそなわ》してくださいます」

何かを頼むとき、何かに感謝するとき。人々は、祈るときにはいつも、山海の幸を供え、音曲《おんぎょく》を奏し、自分たちのために力を尽くしてくださる神々の心を宥《なだ》めるよう努めてきた。

それは、日常の人々同士での嗜《たしな》みそのものでもあり、相手の気持ちを思い遣り、同時に一向《ひたむき》な想いを伝えるために、……つまりは、形のない心を表すために、相手への真として届ける精一杯の贈り物なのである。

「冬にくださったお薬は、天子様の宮居《みやこ》が建つよりずっと高価なものなのですよね？　そんなものを貰ったまま、お返しもしないなんて、人としての道に悖《もと》ります。このままお帰りいただいてしまったら、わたしたちの邑は間違いなく、恩知らずの報いを受けることになってしまいます」

「大丈夫ですよ」

「いいえ、わたしは、……わたしたちは、衷心《まごころ》から嬉しく思っているのです。それを、お伝えさせてください。それに楡神様だって、お礼も言えないわたしたちのことを可愛いと思われるはずがありません」

乙女は真っ直ぐな瞳で訴えた。

「しかし、それではこなたらは、どんな品で贖《あがな》ってくれるというのでしょうか。お金や物では、聊《いささ》かも手段ての及ばないことは理解しているでしょう？」

「それは……。仰るとおり、薬士一人招けないわたしたちの邑には、大したお金や宝はありません。でも」

乙女はうな垂れた。

お世話になった以上は、その分をきちんと清算したい。借りを作るばかりでは、自分たちが苦しくなっていく一方なのだ。

しかし、どうやって？

特産の楡玉は、邑の大きな収入源である。だが、紅参よりも稀な薬草に比すれば、それは霞の海に漂っている笹舟くらいのものに如《し》かない。

するとやはり……。

乙女が胸裡で算段していると、青年が静かな声で言った。

「この邑は、樹も人も、心根が真っ直ぐすぎて儚《はかな》いですね」

「えっ……」

乙女は、瞳を上げた。

「先の年にもそうでしたし、あの冬の夜も同じでした。これの楡神は、こなたや里の民のためには、自らの尊い命を惜しみもせず、如何なる厳しき折にも懸命に救おうとします。そして、私に対しても、何の恩義を感じてか、私が此処へ来るたびに自らの身を犠牲にして報いようとするのです」

「…………」

「〝神の命を戴く〟。畏れ多いことではありますが、それは私には用のないことです。仮にかの老樹が犠《いけにえ》に上がっても、一体、私に得るものが何かありましょうや。この邑の民が拠《よ》る辺《べ》を逸《うしな》うだけです」

〝何も心配は要りません。ですから、……ご自愛ください〟

残雪の凍てつく斎庭で、青年が楡の木に話しかけた言葉を、乙女は思い出した。

「こなたにしても同様です。抑々私は、何らかの見返りを求めてこなたの許を訪ねるわけではありません。私は、求められたから来たばかり。いずれにせよ、ついに来るか来ないかは私自身で決められることですから、そのような勿体ないことについては、思い浮かべる必要さえありません」

乙女は、青年の声を黙って聞いていた。

あなた様は、やはり、……。

やっぱり、そういう風に言ってくださる。でも、本当にわたしたちは、それでいいの?

「では、篁様は……。篁様としては良ろしくても、〝烏羽玉神〟としては如何なのですか?」

乙女は思い切って言葉にした。

「仮令《たとい》、篁様は要らないと仰ってくださっていても」

そして七年前の事件について、問いを重ねた。

「あのとき、初馬《はつま》の太朗《たろ》さの末の娘のことはまだしも、三木野《みきの》の弥兵衛《やへえ》さの娘のことは……。父親《ててご》が一晩中抱いて離さなかったのに、夜明け間近になって様子が変わり、結局、かの輩の予言を成就させてしまいました。かの輩は誰も、娘に手を触れることなんかできなかったというのに。……烏羽玉神は、もしや娘子の命を貢物に望まれることがあるのではないでしょうか?」

太朗さの娘の死は、まだ人為的に傷つけられたせいと考えられる節《ふし》が大いにあるけれども、弥兵衛さの娘の場合、それは邑人たちにとって、未だ不可思議さを禁じ得ないものであった。何か、怪士《あやかし》染みた、呪術的な力の働きを感じてしまっていたのである。

「こなたは、私が幼い少女《おとめ》らの命を欲しがると思うのですか？」

僅かに見咎めるような色を漂わせて、青年の眼差しが乙女を射抜いた。乙女はどきりとして、手を胸に遣った。

青年は諭すような口ぶりで、乙女に話した。

「弥兵衛の娘の命を奪ったのは、私ではありません。かの日、娘は日中《ひなか》に外へ出た際に、黒ずくめの一人から大きな搗栗《かちぐり》を手渡されました。その栗に、煮凝りから作られた魚膠《なのにかわ》に包《くる》まれた附子《ぶす》が仕込まれていたのです。慣れない夜更かしを前に、お腹の空いた娘が食べてしまったのでしょう、かの輩の見込みどおりに。……ですから、あの折にも私は、宇女には何も口にさせてはいけないと言いつけたのです」

「そう、だったのですか……」

宇女と水を禁じるやりとりを一晩中繰り返したことを、乙女は思い返した。

「こなたも、あの夜見て知っているでしょう。奇怪な祈禱師の呪《まじな》いと違って、私には媒介《とりもち》は必要ありません。術をかけるために犠牲などは要らないのです。また、誰かの持ち物を横取りしたいという欲求《こころ》も、私には起きません。少女らには子供らしく明るい笑い声を聞かせてもらっていたほうが、よほど有難いものです。……それゆえ、私自身は人の子に対して貢物を求めることは、一切ありません」

青年の瞳には、心なしか、哀しみともさみしさともとれる色が紛れているようにも見えた。乙女は、長らくぶりにその色合いを目にしたように思った。

「ごめんなさい……、あなた様を信じると申し上げたのに。いいえ、信じているからこそ、あなた様にお礼の気持ちをお届けしたくて」

心苦しさに堪えかねて、乙女は俯《うつむ》いた。

「どんなものなら、篁様に喜んで受け取っていただけるのでしょう」

お礼を申し上げたいのは、きっと邑のみんなも同じ。戴いた分に見合ったお返しはできずとも、少しでも篁様を喜ばせることができたなら。

「こなたの気持ちは、既に充分に受け留めています。それに、いくら頼まれたとしても、私がやりたくないと感じたことなら、決して手を差し伸べたりはしないでしょう。……それでも、どうしてもと言うのなら」

青年の手には、いつしか、神棚に置いたままにしてあった青竹が握られていた。

「御神楽を舞ってください。この邑一番の神楽媛と目されるこなたの舞なら、何よりの慰みになりますから」

差し出された手草を受け取った乙女は、笹葉を見つめた。

あれから何度四季が巡っても、小竹からは馥郁たる若葉の香りが立ち上り、陽の光に煌々と蛍火のような輝きを散りばめていた。

嘗て青年は、この笹葉はわたしの採物だと言ってくれた。この不思議な竹が枝には、恐らく、かの神の力が宿っている。

自分の舞に、それほどの価値があるとは思えなかった。でも、もしそんな拙い舞でも、喜んでもらえるのだとしたら……。わたしはただ頓《ひたぶる》に、あなた様のために舞って差し上げたい。

受け取った笹葉を手に、乙女は一人、謡を唄った。青年への尽きぬ感謝を籠めて。

そして、その謡に合わせて節をとり、一人、神楽を舞い続けた。

夏の斎庭に、優しい時が流れた。

楡の木から哢する蝉の声は、いつしか乙女の謡に和し、さんざめく葉擦れの音もそれに重なって、さながら声明のように響き合った。乙女は心の奥より、祈りを宣り紡《の》いだ。

炎《ほむら》立つ西陽《にしび》の揺らめきはまた、金色に照り映える楡の葉をさやさやと戦がせ、七色に溢れるばかりの光の饗宴は、乙女の舞台を美しく彩った。乙女は疲れも知らずに、嫋《たお》やかな風となって、いつまでもいつまでも踊り続けた。

……それを。ずっと、物陰から眺めている者が在った。

二人の間でどんなやりとりが行われているのかは、判らない。ただ、それでも……。

神子様は、何故《なにゆえ》に、この私にひと言のご相談もなく。

雪松の心境は複雑だった。

第三章　日の神の招《お》ぎ祭

教えを守って、樹の杜では、変わり藍の薬を今年も用意することができた。残しておいた種をとって、次の年には、更に多くの薬を挽くことができた。

野木邑は、穏やかに歳月を繰り返していった。

そんな、ある日。

このまま、平穏な日々が続くとばかり思いこんでいた、春の午後。俄に、東のお山が火を噴いたという知らせが里へ届いた。

「昼過ぎに、どでかい音が急にして、腰を抜かして表へ出たら、お山からもくもくと煙が上っててよ」

「風様の向きによっては、じきに、このあたりにも灰が降るようになるじゃろう」

「どうするよ？　おらとこじゃ、もう籾《もみ》を蒔いてしまったとこだよ」

邑人たちは真っ青になって、忌屋へ駆け込んだ。

「最近、小さな地震《ない》の音が、深井戸から響いていたのが心配だったのですが、……この予兆《しらせ》だったのですね」

雪松は早速に祭の準備を始めると、邑人たちには、できるだけ田畑を守る手段てを尽くすよう告げた。

「今のところ火の滝は、此方から遠い方角へ流れ出ている模様です。灰を凌《しの》げれば、作物も何とか持ち堪えてくれるかもしれませんから」

皆は雪松の指示どおり、籾床を家の奥深くへ移し、布や藁を手に畑に覆いをすると、風向きが変わらないよう不安な面持ちで祈り続けた。

その夜は、一晩中、何かの降りしきる音が已まなかった。時おり、雷鳴も轟《とどろ》いていた。雨が降るのだろうと思って、人々は寝返りを打ったが、皆、胸騒ぎがしてなかなか寝付けなかった。

翌朝、雪松が目覚めると、あたりはすっかり灰に埋もれていた。

「これは」

息苦しさに袖で口を覆って、雪松は斎庭に出た。

一足ずつが、あまりにも重い。海風で氷になった雪でも掻き分けるよう、進路をとられながら漸《ようよ》う歩き、斎垣《いみかき》を成す柊《ひひらぎ》の葉に触れたところ、ぬっとりと湿気《しけ》った灰が一面にこびりついていた。

払ってみると、なかなか拭《ぬぐ》いきれないばかりでなく、拭った後には傷のような跡が残っていた。

「痛々しい……」

この様子では、布で田を覆ったところで、すべてを守りきれるものでもなかろう。

溜息をつきながら、雪松は、邑の象徴である楡の木を見上げた。樹は、全身を灰で覆われながらも、必死で天空を指してそこに立っていた。

空は、鉛色に煙っていた。当分、灰の雲が晴れてくれそうな気配はなかった。

杜の出口まで観察して歩きたかったが、進むことの難しさに、雪松は戻ることにした。忌屋へ辿り着くと、見てきた状況を乙女に伝えた。

「神子様、如何いたしましょう。この様子では、まだ暫く、灰に押し籠められそうです」

乙女も困惑した表情を浮かべていた。

「まさに今から田畑も始まるというときに。火のお山様のご都合とはいえ、皆も大変でしょう」

「向こう側の邑の人々が心配です。燃えた滝が、里を焼き焦がしていないといいのですが」

溶岩が此方へ流れてこなかったのは不幸中の幸いであったが、それだけに、雪松には気がかりだった。

「そうね。此処からでは、雲が邪魔をして何も見えそうにないわ。公方様の御屋敷のあたりも、大丈夫なのかしら？」

「せめて、お山様のご機嫌だけでも判るといいのですが。井戸の地鳴りは、まだ続いているようですけれど」

二人は楡神に、大地が鎮まって安らかになりますよう、天がお陽様の陽光を取り戻しますよう、毎日祈り続けた。

ひと月が経つうちに、山は三度、火を噴き上げた。一度ずつは、さほどに大きな噴火ではなかったが、再三繰り返される降灰に、邑の人々は次第に疲弊していった。

「やっとこさ、前の灰がましになったと思ったら、すぐまたこれの元通り。これじゃ、いつになったら田圃から灰が消えるのか、見当もつきやしねぇぞ」

「本当に。灰って、こんなに重いものだったのかね」

「いつになったら、お山様のお気が収まるのか」

それでも、根気強く、邑の衆は田畑へ出かけた。

「ひと月遅れくらいなら、作物も、きっと追いついてくれます。ですから、頑張りましょう」

雪松は、田畑を廻って声をかけては、自ら率先して灰を担ぎ出した。自分にできることは、このくらいしかない。せめて、皆が草臥れ果てて諦めてしまわないように気持ちを奮い立たせてやるのが、自らの任務だと感じていた。

「祝様も手伝ってくださってるんだ。あと少し、気張らなくちゃなるまい」

人々も、日ごろ信頼している雪松の姿に、嬉しくも思い心強くも感じて、灰と闘い続けた。

そんな雪松の様子を頼もしく眺めながら、乙女は晴れぬ心を恨めしく思った。

「雪松、井戸のことなんだけれど。水位がまだ下がり続けているの。地震の音も、鳴り已まないし」

音は幾分小さくなったとはいえ、あるいはまた、四度目の噴火が来るという知らせなのかもしれない。

「しかも、このままだと神様に差し上げるお水も、わたしたちが戴くお水も乾涸びてしまいそうで」

水は、井戸の底に、じんわりと滲む程度にまで少なくなっていた。

「困りますね。お山の神様のご機嫌を和《なご》めることは、我々には難しいことですし。今は皆、灰にかかりっきりで、井戸を深く掘ることもできません。お水は、私が奥の沢から採ってくるようにいたします」

「雪松には苦労をかけるわ。でも、沢にも灰が混じっているのよね？」

「ですので、皆も一晩置いて、灰を除いて上澄みだけを戴いております」

「そう。それじゃ、仮に灰が止まって田が始められたとしても、またお水のことで悩みそうね」

乙女は、曇った空を見上げた。初めてお山が火を噴き灰が降ったときから、一度もすっきりと晴れたことはなかった。

「水のことは、長老方も案じております。邑の水源は、古来楡神様が守ってくださるものとはいえ、先々揉め事のないようにと、今のうちから毎晩談義いたしております。……それより、神子様のほうも、毎日大変そうですね」

雪松は、今しも痰切りの丸薬を拵えている乙女を労った。

「灰で喉を傷める者が増える一方だもの。できるだけ吸い込まないようにはしていても、どうしても入ってきてしまうものだし、……いがらっぽい上、特に子供やお年寄りだと、痰を詰まらせてしまう危険もあるし」

「そうですね。他にも、お陽様が当たらないので、痀瘻《くる》の子が可哀そうです」

「そうね。……無論わたしたちだって、いつまでも元気でいられるとは限らないわ。気温も上がらないし、もう卯月も終わって皐月に差しかかろうというのに、まるで弥生の明け方のような寒さが続いているし」

降り続ける灰による農業や健康への被害も甚大であったが、長引く日照不足は、それにも増して、里の者たちを苦しめることになっていた。

「痰切り飴と藍薬と、……暮れに、多めに材料を残しておいて助かったわ。それでも、生姜《しょうきょう》が少し足りなくなってきちゃったけれど」

「畑を廻る際に、誰か分けてくれないか尋ねてみます」

「有難う。……雪松がいると、心強いわね」

乙女はふと手を止めて、雪松に微笑んだ。

「……いえ、苦しいときは、皆が自分のできることを頑張るしかありませんから」

雪松は、乙女の優しい眼差しが嬉しかった。

と、

「雪松、ちょっとそこ、擦《す》れているわね。直してあげるから、此方へ座ってくれる？」

乙女が、雪松の着物の袖を指差した。畑作業で何処かに引っ掛けてしまったのだろうか。袖の先を破いてしまっていた。

「すみません、つい、うっかりしておりまして」

雪松は頭を掻いた。

「ううん。雪松の場合、うっかりと言うよりは、しっかりのせいよ」

乙女は繕いの針を通して、悪戯っぽく訂正した。

「しっかり、ですか？」

「そう。やるべき作業のほうにばっかり、しっかり没頭してるから。周りのことが見えなくなっちゃうのよね」

「はぁ……」

それは、神子様こそ、そうなんだと思いますけれど。

……と言いたいのは山々であったが、雪松は、おとなしく言葉を飲み込んだ。せっかく直していただいているのに余計な口出しはしたくなかったのと、現に着物が破けている以上、今の自分にそれを主張するだけの根拠が足りないことは明白だったからである。

ちくちくと糸で縫い進めるたびに、雪松の気持ちはくすぐったかった。乙女のさりげないこうした優しさが、雪松には身に染みて温かかった。

日下の御子は、冬至に生まれる。先々代、即ち二代前の日下の御子が亡くなる前に、新しい日下の御子が生を享けると、邑では古くから言い伝えられてきた。

冬至の日に生まれた子供には、これから日一日と強まっていく太陽の気、言い換えれば、陽の気の源が宿っていると信じられていた。

それゆえ邑では、その日に生まれた子が一年を超えて乳離れをすると、ひとつ先輩の日下の御子によって忌屋へ迎えられ、修行の生活を始める。子が女なら神子、男なら祝と呼ばれ、邑の守り神である楡の巨木の神に仕えるのが習わしであった。

日下の御子の主な仕事は、朝な夕なに楡神を斎《いつ》き祀り、季節ごとに節目の祭祀を掌《つかさど》って、邑の安寧を守ることであった。また、それらの務めを適時に熟《こな》し、邑人らに正しき刻《とき》の到来を告げるために、暦道を修めた。

忌屋では、これらの拝礼の所作や暦の技術の習得に、非常に多くの時間が割かれた。同じ年頃の邑の仲間と遊んでいる暇などは、ほとんど残らなかった。

彼らは神に仕える者として、暑さ寒さを凌ぎ、被服の粗末なのや質素な食事に慣れるためにも、物心のつかぬ小さなうちに親許を引き離されていたが、学ぶこと、そして先輩の日下の御子の身の回りの世話に務めることに精一杯で、気がつけば、髪上げも加冠も過ぎているのが常であった。

このため、幼い日下の御子にとっては、ひとつ先代の日下の御子は、まさに育ての親であり、師であり、この務めの先達であり、家族であり、友達であり、……己が拠る辺のすべてと言えた。

雪松のことである。雪松もまた、同じく日下の御子として生を享けたが、このときは、少々いつもとは事情が異なっていた。

先々代の日下の御子は、菅風《すがかぜ》の爺様《じじ》と呼ばれる老人だった。爺様の六十八になる頃に、次の日下の御子、即ち乙女が生まれた。少し遅い誕生であった。

そして、順当なら、この乙女が独り立ちをした後に次の日下の御子が育つはずが、ここで早くも乙女が齢《よわい》六の冬にして、雪松が生まれたのである。

而してそれから六年ほどの間は、忌屋には、爺様と乙女と雪松の三人が暮らしていた。

爺様の許で、乙女は厳しく暦を躾《しつ》けられた。乙女は、爺様から暦を能く学んだ。そして乙女が十二の頃、菅風の爺様は黄泉《よみ》に召された。

爾来、乙女と雪松の二人暮らしが続いている。

乙女は、邑の誰よりも暦を知っていたが、まだ若かった。それでも、名主や長老たちからの問いにも丁寧に答え、幼い雪松にも解りやすく教えてくれる姿を、雪松は一番近くで尊敬していた。幼くして若い乙女の許に入り共に暮らしてきた雪松は、乙女の次の世代の日下の御子、つまりは後継ぎであり、弟子であり、子供であり、弟であった。雪松にとって、この世で最初に見聞きした良きものは、すべて、乙女から来るものであった。

「ほら、できた」

玉結びを留めて、乙女がぽんっと雪松の腕を叩いた。

「有難うございます。神子様がいてくださるので、私も心丈夫にございます」

雪松は、今年二十歳を迎えた。立ち上がると、思う以上に大きく見えて、乙女は、ずいぶん時間が経ったのだなぁと改めて思った。

日下の御子は、婿取りも嫁取りもしない。一生を楡神の許で過ごすと決まっているからである。普通なら、今頃はこの子もすっかり親父《てておや》になって一家を背負って立っていることだろうと、乙女は、邑の仲間たちの顔を思い出しては考えた。

「とにかく、明日の分までは薬を仕上げておくわ。わたしたちができることは、邑の皆にちゃんとしてあげたいものね」

「私も、できる限りの支援《てだすけ》は、惜しまぬようにいたします」

雪松は、運命から乙女と同じ務めを賜われたことに感謝していた。

更にひと月。暦はすっかり盛夏となった。

しかし、邑の悩みは絶えない。

「どうやら、漸く灰が止まってくださったようで、向こうの邑へ見舞いに行ってみたんじゃが。あちらでは、幸い火の滝は里まで届かんかったようじゃが、悪い煙が出たらしくて、森も野もすっかり枯れちまってってよ。この分だと秋の実りも見込めねぇから、おらが邑にも催合《もあ》いを頼まれたんじゃが、はてさて此処もどうなることやら」

「今からじゃあ、流石に稲は無理だろな、祝様」

「秋蒔きにしたって、この寒さじゃ籾が根付くわけもねぇ。もう半夏生《はげしょう》だってのに、全く」

降灰も少しく収まり、噴火も漸く一段落しようとしていた。しかし、足かけ四か月に及ぶ灰との闘いの日々に、附近の邑々は飢饉への懸念を募らせている。

「そうですね。大根《すずしろ》や三つ葉芹《ぜり》なら、今からでも間に合いそうですが」

「灰の上で育つじゃろうか？」

「それは、育ててみないことには」

「去年のお米もそろそろ尽きてしまうわい。いい加減、水だらけのお粥にも飽きてきたぞ」

「せめて冬には、大根だけでも採れてくれないと、飢え死にしてしまうよ」

灰掻きの疲労もあってか、邑人たちの顔色は暗かった。

病の次は、食の悩みか……。

雪松は、如何ともし難い生きることの試練に、深い息をついた。

「とりあえず、玄馬に頼んで、去年の楡玉を武蔵国で大根の種と交換させてきましたが」

多めに植え付けを行えるようにしたものの、灰の影響は、まだ自分たちには計り知れない。

「有難う。諦めないで頑張りましょう。ふた月ばかりしたら、葱や菜物も植えられそうだわ」

「そうですね。ただ三つ葉芹にしても同じですが、菜物は弱そうですね。うまく根付いてくれると良いのですが」

「種が持っている力を信じるしかないわ。できるだけ、秋までに澄んだ水をたくさん用意しておきましょう」

「水路の清掃も、折を見て進めます」

雪松は頷いた。

「痾瘤の子も気がかりね。お陽様が出てくださると有難いのだけれど」

「灰も已みましたし、じきに陽が差すようになるのではないでしょうか。晴れたら、日向ぼっこをするよう言っておきます」

乙女は雪松に賛同した後、俄に立ち上がった。

「そうだわ、雪松。こんなときこそ、〝お祭〟よ……！」

唐突な乙女の明るい声に、雪松は驚愕した。

「お祭って、神子様。お考えは判らなくもありませんが、今はお供えにする物もありません。食べ物は辛うじて冬の入り口まで、……魚も、灰の影響か、まだ川には戻ってまいりません」

「ええ、それは解っているの。でも」

と、乙女は肯《がえん》じ得なかった。

「お陽様に還ってきていただくには、神様にお祭を捧げて喜んでいただかないと。確かに、いつものお供えには事欠くけれども、その分、他のお供えで満たせば良いはずよ。それにお祭をすれば、今は草臥れている邑の皆も、元気が湧いてくるのじゃないかしら？」

「それは、なるほど、皆も悦ぶでしょうけれど……。しかし、一体どうやって？」

乙女は、にっこりと笑って答えた。

「祝詞《のりと》には、お供え物の件《くだり》で、お米やお酒や、海の幸、山の幸のことを挙げ列ねていくけれど。でもその後に、歌舞音曲もお楽しみくださいって続けるじゃない？」

「歌舞音曲……、なるほど」

雪松にも、乙女の言わんとすることが少しずつ見えてきた。

「つまり、此度は食べ物の代わりに、音楽や舞を捧げてお供え物にするのですね？」

「しかも、邑人総出でよ⁉」

乙女は明るい声を、更に明るくして言った。

「わたしたちが舞った後に、皆でも踊るの。そんなに難しい曲じゃなくていいわ。皆のよく知っているもので、好きなように踊ってもらうの」

「それは、……楽しくなりそうですね」

「そうよ！　皆には、まず楽しんでもらうの。そうすればきっと、神様だって楽しいって思われるはずだわ」

「皆の気持ちも活発になりますね」

「ええ。楽しんで、元気を取り戻してもらうのよ。筑波山《つくばやま》の歌垣みたいに、自由で楽しい時間にするわ」

二人は、祭の準備に取りかかった。

趣旨を邑中に説いて廻るうちには、こんな時期に人手を取って羽目を外すなど言語道断、と否定する向きもあったが、大方には受け容れられ、次の望月に催行されることとなった。

斎場には、楡の木を眺めることのできる、対岸の丘が選ばれた。
その丘の頂上に三筋の神籬《ひもろぎ》を立てて、楡神と、火のお山の神様と、そして再び光を差し込んでほしい日の神様を招《お》ぎ奉った。そして、できるだけ清く澄ませた水と、皆で持ち寄った塩とを供え、まずはいつもそうしてきたように、日下の御子の二人で御神楽を奏上した。

音に聞く　遙か上つ世
日の神の　籠もれし岩戸　開きたる
鈿女《うずめ》の神の　芸能《わざをぎ》の
奇しき眺めを　この里に
倣《なら》ひ真似びて
皆人の　笑ひ歌ひて　舞ひ踊る
その愉《たの》しきを　見そなはし
喜ばしきを　聞し召し
共に歌ひて　御魂《みたま》振り
共に踊りて　笑み賜ひ
何時しかひとつの　そのうちに

神の怒りの　鎮まりて
心丈夫《こころたけき》に　立ち返り
隠れし神も　顕れて
里に恵みを　垂れ賜ふ
あな畏しや　歌舞《うたまひ》の
秀真礼《ほまれ》を此処に　向け奉り
皆人共に　奉る
この歌舞を　受け賜へ……

静かに吹き起こる風に靡くように、乙女は舞い唄い、雪松と踊った。

雪松は白い装束を着て、髪には名に負う松の緑を挿し、腰には楡の小枝を挟んで、堂々と舞っていた。手には白く長い布を棚引かせ、手草には、紙垂を掛けた大きな榊葉を採った。

お内裏の節句で舞う宮人のような、凛とした気高さが漂っていて、人々は無言で見とれた。

対して乙女は、長い髪を今日は結わずに垂らして、白い千早に小忌衣《おみごろも》を表す二本の赤紐を右肩に揺らしながら、赤い袴を著《つ》け、帯を衣の上から括っていた。手には、白拍子の如き白鞘巻きの太刀を採り、足には鈴の緒を巻いて、謡に合わせて変幻自在に舞い踊った。

少しく物狂いの気が差したような出で立ちに、もう片方の手には、同じく名にし負う笹竹の葉を採っていた。鬼気迫る乙女の舞には、恰《あたか》も神の託宣を受けたという古の巫女の姿が乗り移るようで、人々は黙《もだ》して見守った。

二人の舞が終わると、愈々、丘の上は賑やかになった。

初めのうちこそ、照れたり遠慮する者もいたが、先んじて踊り唄う人々の輪のうちに、或るはおどおどと、或るはいそいそと、或るは無理やりに引き込まれるなどして加わるうちに、やがて大きなひとつの円を描きながら、楽しそうに笑い過ごした。

長い着物は邪魔だと、腰まで捲《まく》り上げた男たちの 脛《ふくらはぎ》 の逞しさや、裾を端折《はしょ》った女たちの、布の隙間から覗く白い腿《もも》のふくよかさ。手拭いを、男は捩じり鉢巻きに、女は髪を結いあげて包み、子供たちは、未だ咲かない野辺の花の代わりに、林の杉の小枝を挿して舞った。

足の弱きも年高きも、杖を突き手を取り合って、歩むように踊った。皆、大きな声で唄い、久しぶりに声を立てて哄《わら》い合った。

調子の外れた声。節の違《たが》うた歌。歌っているふりだけで、ごまかす子供たち。

「お祭って、楽しいね」

何処かで子供たちが言った。応えて、大人たちも言った。

「おう、湿気《しけ》た顔は、今日はなしだ。皆、笑え、笑え」

「そうだ、今日は、めいっぱい、騒げ、騒げ」

「踊れ、踊れ。いっそ、目が回って倒れてしまうまで」

「野木邑が悄気《しょげ》てねぇってこと、余所の里にも示してやれ！」

初めは、空元気であったのかもしれない。

でも、こうして、夜の帳が降りるまで皆で集まって唄い遊んだことは、里の人々の心を温め、勇気づけた。

「ようし！　明日からも畑仕事、頑張るぞ」

「灰になんか負けて堪《たま》るか！」

「お陽様だって、きっと出てきてくださる。それまで辛抱して待つんだ」

邑人たちは、快い疲労と熱い決意とを胸に、丘を下っていった。

「祝様、神子様。今日は良いお祭を開いてもらって、本当に有難かったよ」

邑の長老たちも、二人の手を取って、頭を三遍ばかり下げた後、家路についた。

二人もまた、こんなとんでもない時期ではあったけれども、やはりお祭をおこなってみて良かったなと心から思った。

皆の嬉しそうな笑顔を、……本当に久しぶりに見ることができたから。

それから、ひと月足らずが過ぎた。邑の畑では、大根の苗が少しずつ育っていた。

立秋。暦の上では秋になる。

お陽様の出る日は、まだあまりない。時おり、薄くなった雲の切れ間から侘しい光が差し込むものの、文月《ふづき》とは思えない気温に、川原にもほとんど草が生えてはこない。

あれから灰は降らず、井戸の異音は収まっているものの、お山を見上げれば常に煙が棚引いて、予断を許さない状況が続いている。

「漸く大根が根付いたという知らせが、畑からも、ちらほら届くようになりました」

「何より、ほっとする知らせだわ」

「隣の里へお裾分けしてあげられるだけの収穫が見込めると良いですが。聞く限り、あちらの里は此方よりずっと苦しそうです」

「悪い煙は已んだそうだけれど、元に戻るまでには、数年はかかるでしょうね。それまで何とかして、わたしたちの邑で支えてあげないと」

「収量を上げるのは簡単なことではありませんが、土が息を吹き返してくれただけでも幸いです。この調子で、今月は小蕪《こかぶ》も植えられそうですから、また楡玉を種と交換してきてもらいましょう」

「それがいいわね。少しでも収穫を増やして、皆で支え合いましょう」

二人は、神棚の楡神に手を合わせた。楡の樹の神様は、今日も邑を守っていてくださっている。

「灰で傷めた喉のほうも、だいぶ落ち着いてきたわ。生姜が費《つい》えるところだったから、正直、助かった、って。でも、痀瘻の子は、もう少しお陽様に照っていただきたいわ」

「そうですね。とはいえ、五日に一度くらいはお陽様の影を拝めるようになってきましたから、あと少しですよ」

励ますように雪松は言った。

「そうね。そう信じたいわ」

何かを気遣うとついつい後を引いてしまう癖のある乙女を、雪松は今一度慰めた。

「神子様、もう今日はお休みください。せっかく早く片付いたのです。あまり根を詰めて、無理が溜まってはいけませんから」

言って、乙女を早々に床に就かせた後、自らも床に入って休んだ。秋とはいえ、虫の声はまだしなかった。

しかし、乙女は寝付けなかった。雪松の、自分の体を心配してくれる気持ちは嬉しい。けれど、もう少し何か手を尽くすことで、邑の皆や、被害の酷かった隣邑、痀瘻の子供たちを救えないかと、思案に暮れていた。

雪松から穏やかな寝息が聞こえ出したのを確認して、乙女は床から身を起こした。そっと、抜き足差し足で忌屋の戸を潜ると、楡の木のほうへ向かって歩いていった。

ふと空を見上げると、暗い天の隙間に、小さな星明かりがいくつか燈っているのが見えた。

「そうだわ、今宵はちょうど七夕様なのね」

ささのは　さらさら
のきばに　ゆれる
お星さま　きらきら
きんぎん　すなご

ごしきの　たんざく
わたしが　かいた
お星さま　きらきら
空から　みてる

「たなばたさま」
権藤はなよ　(補作詞　林柳波)

今年は、邑の女たちも織物をしている暇がなく、乞巧奠《きこうでん》の用意はしていない。ちょっと、勿体ないことをしてしまったような気分も起きてくる。

あの夜空の星は、牽牛と織女なのだろうか。

乙女は考えた。

一年に一度しか逢えない、というのは、流石にさびしくないのかしら。

それとも、一年に一度でも確かに逢える、というふうに思えば、やはり嬉しいことなのかしら。

乙女は僅かの星明かりを頼りに、斎庭を漫《そぞ》ろ歩き廻った。乙女が歩けば、何とはなしに、星もついてくる。それが妙に心地よく、乙女は忌屋を巡り、裏手の竹林へ差しかかった。

御留場の竹は、いくらか灰に折れたものの、残ったものについては立派に茂ってくれている。幾本かは、灰の下からさえ筍《たけのこ》を吹いた。葉こそ灰の影響で斑模様になっているものもあるが、例年に比べて緑が貴重な今年に於いては、此処の竹は大事な神事の拠り処だ。

小さな枝一本でも、七夕様に差し上げられたら。

夜空に満天の星が甦れば、お昼間だってお陽様が照ってくださるはず。

乙女は小さな星の灯りに、金銀の針を刺し列《つら》ねた乞巧奠のお供えを思った。そして瞳を地上へ戻すと、灰に埋もれてしまった藍の葉を眺めた。

今年は、間が悪かったなぁ……。

種を蒔いた瞬間に、火山が噴火してしまった。それでも諦めずに、忌屋の奥で苗まで育てて、初夏を待って畑に植えてみた。けれど、度重なる降灰と日照不足とで、せっかく開いていた葉も、今やちりちりになってしまっていた。

藍は、ただでさえ、手がかかる少女のような植物だ。手弱女《たおやめ》のような藍に、今年の仕打ちは厳しすぎたのかもしれない。

今年は近年稀にみる冷夏で、冬を考えると薬の蓄えが少ない。種も残り僅かだ。今年の冬を乗り切れるだろうか。

それでも。誰も犠牲者が出なかったことだけで、何よりも有難かったから。

火のお山様もきっときっと、これでも一生懸命、皆のために我慢して我慢して、被害を減らそうとしてくださっていたのに違いない……。

だからわたしは、一日も早く状況が収まりますように、と祈る一方で、わたしたちを守ろうと必死で闘ってくださったお山様のお気持ちに、感謝しないといけないのだ。

乙女はもう一度、忌屋の表へ廻った。そして楡神の前に跪《ひざまず》いて、火のお山様やお陽様の神様に忝く思う気持ちを伝えてくださるよう願った。

あとは、そう、……わたしが、明日を信じることだわ。

乙女は瞳を開いて、夜空を仰いだ。空には、先程より多く雲が立ち籠めていた。

ああして雲が差すと、織姫は牽牛に逢えなくなるのかしら？　鵲《かささぎ》は、橋を渡してはくれないのかしら？

乙女は動揺する心を抑えて強く思った。

いいえ、大丈夫よ。

言い聞かせるように呟いて、乙女は残された星を見つめた。

だって、雨が流れるという天の川だって、牽牛や織女と同じで、本当は星々の輝きじゃない？

伝説をそのまま鵜呑みにするんじゃなくて、この目をしっかと見開いて眺めれば。

とても、明るくて、眩しい。

大丈夫。大丈夫。

多少、揉み流されることはあるかもしれないけれど、きちんと信念を持って前へ進んでいけば、必ず何処かで二人は巡り逢えるはずだわ。

乙女は自ら強く諾って、楡神の許を離れた。

雲間に残る星影を追ってあたりを逍遥する乙女の眼の先で、一筋の星が流れた。白く長い尾を残して天から滑り落ちるように星が下った先に、小さな手火《たび》が見えた。

「あ……。いらしてたんですね」

乙女の言葉に、男は素っ気なく返答した。

「皆さん気丈ですから、必要ないかとも思いましたが」

相変わらずだな、と思いながら乙女は訊き足した。

「やっぱり、今日も真夜中ではないですか」

すると、青年は笑いもせずに答えた。

「お独りのときのほうが、お話ししやすいかと思ったまでのこと」

「確かにそうですが」

乙女は臍《ほぞ》を噛んだ。

「でも、……やっぱり、夜のほうがあなた様らしいかもしれません。今宵は、珍しく松明をお持ちなのですね」

いつもは大抵素手でいらっしゃるのに、と乙女が尋ねると、

「じきに星明かりが絶えますから。こなたの帰り路が怪しいといけませんので」

と答えが返ってきた。

「相変わらず……」

と言いかけて、乙女は話を切り替えた。

「また曇に閉ざされるのですか？」

せっかく晴れてきてくれているのに、と乙女は残念だった。

「年のうちは、どうやらこのままのようです」

「夏も冷たいままでしたのに……、この冬も辛抱なのですね」

乙女は溜息をついた。

「藪いた藍の葉も、みんな駄目になってしまいました。光が差さず、夏でも風邪の者がいるというのに、心配です」

「今年は、堪えていくしか仕方ありません」

「いつまでお山の煙は続くのでしょうか。井戸の音は已みましたが、まだお山は燃えているみたいで。また灰が降るかと思うと、不安でなりません。頼みの綱の大根まで灰塗《まみ》れになってしまったら、隣邑を助ける手段てもなくなってしまいます」

「それもまた、生き物の定めですから。それに申し上げにくいことですが」

と青年は少し躊躇って告げた。

「来年になりましたら、あのお山は再び火を噴きます」

途端に、乙女は悲愴な表情になった。

「皆、頑張っているのに」

明日を信じて今日を耐え忍んでいる皆の姿が、瞼の裏に浮かんだ。自然の成り行きとはいえ、辛いものがある。

「一度は落ち着きましたが、こなたの懸念のとおり、あのお山はまだ熱いままなのです。我々にとっては長い時間でも、お山にとっては、ほんの僅かの間の出来事。数年は辛抱が続くでしょう」

「それでは、邑はどうなりましょうか？　此処には、もう住めなくなってしまうのでしょうか」

かといって、何処へ……？　自分たちには、この邑にしか暮らせる場所はないのに。

「それを決めるのは、こなたたちの選択次第です。先程も言いましたが、この地の人々は皆さんとても気丈です。時間はかかりますが、乗り越えてゆく者は多いでしょう」

言って、青年は瞳で乙女に問うた。

乙女は暫し黙して、それからゆっくりと、決意を固めるかのように述べた。

「わたしも、諦めたくはありません。どうにかして、この邑で皆と過ごしていきたいです」

願いを籠めるように、乙女は青年の瞳を見返した。青年は、その眼差しを確《し》かと見据えて、それから少し優しい声音で言った。

「先月のお祭は、皆さん楽しそうでしたね」

「ご覧になっていたのですか？」

乙女は驚いた声で問い返した。

「遠くからですが。こなたら神仕えの者の舞も、なかなか意味深い企てが施されていましたが、……何より、老いも若きも一緒になって、辛いときを笑顔に換えようとしていたのが、素晴らしかったです」

「火のお山様やお天道様には勿論、邑の皆にも元気になってほしくて」

乙女は、恥じらいながらも懸命に訴えた。

「良い知恵でした。祭の場に皆の喜びが溢れていて、……私も楽しかったです」

青年から賞されて、思いがけず乙女は嬉しくなった。そして、本当にあのときの熱意のまま、皆でこの苦難を超えていけたらと強く願った。

青年も乙女に頷いた。

「こなたの思うように、お山も日の神も、況や楡神も、皆、この地に生きる者たちを愛してくれています。それぞれ思うに任せぬ事情を抱えつつも、懸命に皆を守ろうとしています。人皆が、真摯に生きようと努力を積み重ねている限り。……なれば、私もまた、こなたらに対し、何かで・・・きることをしなければ」

言って、青年は藍の畑に向かった。

「今年蒔かずに置いた種は、いくつ残してありますか？」

「この薬草は何年か生え続ける草のようでしたから、つい安堵もあって、十か二十ほどしか残してありません。……でも、去年採って干しておいた苗の分も、略《ほぼ》、使い切ってしまいました」

乙女の言葉に、青年は残りの種を持ってくるよう促した。

乙女が忍び足で神棚から取って戻ると、青年は一粒だけを除けて、あとの種を枯れた葉の横に蒔いた。

「今年の冬には、どうしても風邪が流行ってしまいます。こなたの体のためにも、来年まで保つくらいの蓄えは欲しいところです」

青年の握り締めた掌から落とされた種は、地に触れるや否や、瞬く間に根を下ろし芽を吹いて、黄色い花をつけた。そしてあっという間に、子供の背丈ほどに育った。

「農事の暦からすれば、今でひと月遅れですが、明日にでも刈り取ると良いでしょう。いつもどおりに干せば、臼で挽くときに薬は十倍に増えます。きっとこの冬の用には足りるでしょう。また、この一粒の種を大事にしなさい。来年、百の苗をこの邑に齎《もたら》してくれるはずです」

「邑の皆が助かります」

乙女は、小さな一粒きりの種を大切に受け取った。

「それから、疱瘡の子らですが。去年の楡玉は、まだ少し残っていますか？」

「はい……、大根の苗とだいぶ交換してしまいましたが、升に三杯ほどは残っております」

「この次武蔵へ行ったら、それでなるべくたくさんの煮干しの粉を手に入れなさい。武蔵には良い海があります。干した鰯《いわし》を砕いた煮干し粉なら日持ちもするでしょう。それに納豆を併せて食べさせてやりなさい。納豆は、土間敷きの室の中で育てているでしょう？　お陽様が出る折には陽に当たるのが一番ですが、これでいくらか改善するはずです」

乙女は微笑んだ。

「有難うございます。可哀そうに思うのに、何ら、してやりようもなかったので」

自分の蓄えの納豆が子供たちの役に立つと聞いて、乙女は一層嬉しかった。

「それから、隣邑の件ですが」

青年は、一段と声を潜《ひそ》めた。

「ここからは、私とこなたとの間で、ひとつの駆け引きになるのですが。あるいは、この邑と隣邑との間で、と言うべきかもしれませんけれど。いずれにせよ、次の約束を守れるのなら、という話になります」

乙女は怪訝な顔をした。

「一体どういうことでしょうか？」

青年は言った。

「今年この邑で、大根や小蕪など幾許かの収穫が出るでしょう。それらをすべて隣邑にあげてしまうことが可能か否か、ということです」

乙女は訊き返した。

「すべて、ですか……？」

「すべてです。収穫が出ると言っても、さほどに多くは採れません。隣邑の人々が生き残るためには、この邑での収穫のすべてを提供しないことには足らないと思うのです」

「ですが、それではわたしの邑は何を食べれば良いのですか？　また、何処かから買い付けてくるのですか？」

だが、それには、元手にする楡玉が不足している。

「もし約束をできるのであれば、代わりの苗を差し上げましょう。但し、この苗のことは、門外不出で扱ってもらいたいのです。この地の人々を食べさせることができるのと引き換えに、余所の地には、この苗のことを決して口外しないと」

乙女は少し考え込んだが、

「飢えて死ぬ者は、出ないのですね？」

青年は頷いた。

「こなたたちが私の言うとおりにできる限りには」

「……それでは、名主や長老方に頼んで、大根や小蕪はすべて催合いに出します」

恐らく、反対する者が大勢出るだろう。苦労してやっと畑で実らせたものだ。空腹を抱えて、そう易々と他者へ譲れるものではあるまい。

しかし、仮令《たとい》独り占めしたところで、それで生き延びられる保証もないのも事実だ。今、青年の言葉に委ねるほうが、皆が助かる可能性はずっと高くなる。

乙女は誓った。

その答えを聞いて、青年は乙女の真っ直ぐな瞳を、静かな眼差しで諾った。微かに零した息が、なぜかしら安堵の色を持つ様にも、乙女には思えた。

「助かります。こなたの〝信〟に拠って、私も、よりできるだけの〝できる〟ことをできるようになりますから」

では、と青年が差し出した手には、ひとつの見慣れぬ芋が載っていた。

大きさは、乙女の両の拳くらい。ずんぐりむっくりとして、肌は鳶《とび》色をしている。毛はなく、所々に小さな芽があり、細い根が生えている。

「何でしょう？」

乙女が問うと、青年は言った。

「これは、西海道の果てよりも、なおも遙か彼方、南の海に浮かぶ大きな島で採れる珍しい芋です。この芋は大変口に甘く、滋養が豊富で、しかも火山灰などの荒れた土地でも育つという特徴があります」

乙女は驚いた。

「そんなに素敵な芋が在るのですか！　でしたら、広く皆に知らせたほうが……」

青年は頭を振った。

「素敵な芋だからこそ、今、大勢の人に知らせれば、必ずや争いの源となります。ですから、この邑の中だけに収めておいて、本当に困ったときにのみ使うようにしてほしいのです」

乙女は経緯《いきさつ》を理解した。

「種芋をいくつか差し上げます。これらの芋は、今からでも植えることができます。すぐに蔓《つる》を延ばし、子を成して増えるでしょう。霜が降りるまでに収穫しなさい。来年の種芋を残して、採れた芋も延びた蔓も、共に食に充てることができます。蔓は、湯掻いて灰汁《あく》を取ってから使えば、蘞《えぐ》みがましになります」

「仰るとおりにします」

「明日の朝、目が覚めたら杜の深井戸へ行きなさい。そこに種芋を置いておきましょう。此処で渡しても良いですが、重いですから」

「有難うございます」

翌朝、乙女は、青年の言った言葉の意味を思い知る。

「一旦土に植えれば、割と放っておいても育ちますから、他の作業の手をとりません。次の嵐にも怺《こら》えてくれるでしょう」

「本当にいつも行き届いたお救いを……、感謝しております」

乙女は頭を下げた。

「いいえ。私には、できることしかできないので。……此度は殊《こと》、先にこの邑の皆さんから貰ってしまっていますから」

青年は乙女に、持ってきた松明を渡した。

「夜も更けました。獣などにも気を付けて、忌屋へお帰りなさい」

邑の恩人を杜の入り口まで見送って、乙女は忌屋へ引き返した。邑人を説得せねばと気負いつつも、足取りは軽かった。

邑を守ってくださる方がたくさんいてくれることの有難さに、乙女は心強かった。

ところが。

乙女は思わぬ処から、反対の意を受けることになる。雪松だった。

「私には、そのような案は呑めません。もし邑の者たちが飢えてしまったら、取り返しがつきません」

「だから、代わりに……」

「唐の芋だか島の芋だか存じませんが、そのような得体の知れぬ芋など、邑の土を穢《けが》してしまうやもしれません」

「でも、痩せた土にも丈夫だから、今みたいなときにはちょうど……」

「それは真実なのですか？　神子様だって、そんな芋を目にしたのは初めてでしょう！」

荒ぶる一方の言葉に気圧《けお》されて、乙女は言葉を詰まらせた。こんなに顔を真っ赤にして怒っている雪松は、嘗て目にしたことがない。

「神子様はどうして、そのような旅の薬士の言いなりになってしまわれたのです！　素性も定かでない賤《いや》しい者に耳を貸して、なぜ、私どもの言葉を聞き容れてはくださらないのですか？」

「雪松や皆が大根のためにどんなに頑張っているか、それは解っているつもりよ。でも、……だからこそ、どちらの民も救うためには、この芋の苗を植えるのが一番良いと思ったから。雪松のためにも役に立つと思って！」

乙女が言い返すと、雪松はなおさら、激しい言葉で乙女に反駁した。

「この芋が役に立つ、という話自体を、私は疑っているのです！　あの薬士が言っただけでございましょう？　旅の薬士如きに、何の信憑性がありましょうや？　……神子様は、なぜにあのような薬士風情にお心を許しておられるのですか？　所詮は、余所からの流れ者。すべて謀《たばか》り事やもしれませんぞ！」

「そんな……」

乙女は狼狽した。取りつく島もないほどに気色ばんでいて話が全く通じない雪松に、驚き戸惑うばかりだ。

すると、雪松は感に堪えかねて、遂に、そのことを乙女に訴えた。

「私は存じております。普段は慎重で、誰にでもお優しい代わりに無暗《むやみ》に情には流されない神子様が、あの薬士とは幾度となく……、いいえ、度々お逢いになっておられることを！」

「度々って、そんな」

「しかも、秘かに我々から隠れるように、いつも神子様お独りでお逢いになっておられます。もし、彼《か》れがただの親切な旅の薬士であるというのならば、なぜ、我々邑の者にもご紹介くださらぬのです⁉」

語気を荒らげて雪松は問うた。乙女は辟易《たじ》ろいだ。

「それは……」

雪松は続けた。

「抑々、旅の薬士であるというのも疑わしい。大方、何処か附近の隠れ里にでも潜んでいる盗人か浮浪の者なのでは？　碌《ろく》に調庸も納めず、官吏から遁《のが》れているだけの無法者が、お情けかけて欲しさに、神子様に言い寄っているだけではありませんか？」

雪松の言葉に圧倒されがちな乙女であったが、流石にこの科白には、直ちに反論した。

「いくら何でも、それは言いすぎよ、雪松！」

しかし、雪松も退かなかった。

「では、どうして神子様は、あの薬士を邑人から隠すのです？　あの薬士に限って、どうしてお独りでお逢いになるのです？」

「それは……」

乙女は答えに窮した。とりたてて隠しているわけではないのだが、言って、どうにかなるものでもあるまい。

しかし、そうして明確な返答を避ける態度が、雪松の疑念を確信に変えた。

「あの薬士は、神子様の懸想人《けそうびと》なのですか？」

「懸想……!?」

乙女は面喰って、三度宙を舞うほどに驚嘆の声を上げた。

しかし、雪松は意に介さない。

「そうでもなければ、神子様のように清く澄んだお方が、隠れて男にお逢いになることなど、考えられません」

雪松はきっぱりと言い放って、それから俄に首を落として、一人言《ご》ちた。

「あの薬士は、神子様の情夫。もしくは、神子様があの妾にでもなられたか。いや、神子様に限って、そのようなことはあるはずがない。神子様は、あの薬士に何か弱みでも握られて、脅されていらっしゃるに違いない……」

「脅されるなんて、そんな……、ちょっと待って、雪松。何をさっきからそんなに怒っているの？」

戸惑いながら乙女は雪松を制したが、その声は、雪松の耳には届かないようであった。

「神子様だってご存知のはずだ。日下の御子が生涯独身を通し、清くあらねばならぬことを。よもや他郷からの流れ者となど、言語道断。しかし、ではなぜ？　神子様は何を以て、あのような不審な輩とお近づきになられたのだろう？」

疑念に囚われている雪松に、乙女は再度、声をかけた。

「雪松、待って。わたしはあの方とは何もないの。そういう間柄じゃないわ」

「何もない、なんて言い訳は、とても信用できません」

「本当に違うの」

「でも、親密そうに話されているお姿や、御神楽を舞われているお姿を、私は拝見いたしております」

ややこしいことになったと、乙女は臍を噛んだ。確かに、何のために旅の薬士に御神楽を見せなければならないのかについて、筋の通る説明をするのは、今は少し無理かもしれない。

「何もないっていうのは、なるほど、おかしな話かもしれないけれど。でも、懸想とか、そういったことではないのよ」

「では、何なのです？　何の用が有って、神の杜に斎き仕える清き乙女が、真夜中に、出処も判らぬ男とこそこそ逢わねばならないのです」

乙女は長く息を吐いた。

「雪松、聞いて。以前、あの薬士は、楡の神様が遣わしてくださった方だと、あなたに言ったわよね？」

乙女は、数年前の春の会話を擦《なぞ》るように話した。

「確かにそう仰いましたが、私は不審でした。仮に、楡神様が遣わしてくださった薬士だったとしても、こう幾度も邑を訪ねてくれるものでしょうか？」

雪松は重ねて言った。

「私には、あの薬士は神使ではなく、ごく普通の人間に思えます」

「そうね」

乙女は瞳を上げて、神棚を見上げた。

「あなたがそう感じてしまうのは、無理もないところだけれど」

瞳を下げて、乙女は言った。

「あの方は本当に、楡神様が引き合わせてくださった特別の薬士なの」

「信じられません」

頑として、雪松は拒んだ。真っ直ぐな眼差しが、肌に痛いくらいだった。

乙女は起ち上がって、神棚から一振りの笹葉を採って、雪松に見せた。

「これ……、知ってるわよね」

雪松は、笹葉をちらりと見遣った。

「いつ頃からでしたか、神様の横に置いてあるようになりました」

「もう、九年か十年になるわ。わたしが、追越山《おいこしやま》から戻ってこられた朝に置いたの」

「追越山……」

乙女は頷いた。

「あのときのことは、まだ幼いとはいえ、あなたも忘れはしないでしょう？　あのときわたしが無事に帰ってこられた、その恩人がわたしにくださった笹葉なのよ。……ね、これ、雪松は不思議だとは思わない？」

乙女はもう一度、笹葉を雪松に示した。雪松は、今度は笹葉をじっと見つめた。

「あれから長い月日が廻ったというのに、この笹葉、今も若々しい青竹の香りがしているの」

「それは……。仰るとおり、色も艶も、若竹のときのままのようですが」

乙女は肯った。

「そう。この笹葉、まるで時が止まったかのように、初めて見たときから同じ姿をしているの。きっと、何か不思議な力が宿っているんだって、わたしは思ったのよ」

乙女は軽く笹葉をうち振った。さやさやと柔らかな音色を立てて、笹葉はうち震えた。

「わたしがあの方とお逢いできるのは、この笹葉を以て祈ったときだけ。いつでも逢えるわけじゃないし、でも、この笹葉を手草にしたときには、必ず逢いに来てくださる」

笹葉は風に震えながら、幾粒かの光の玉を零した。雪松は呟いた。

「それで時おり、神子様は……、この笹葉を御神楽の採物にされることがあったのですね？」

乙女は諾った。

「この笹葉には、きっと特別の力が備わっている。そんな笹葉を通してこそお逢いできるのだとしたら、……わたしがあの方を特別な人と感じたとしても、無理はないでしょう？」

乙女の瞳に偽りはなかった。

雪松は暫し乙女を見、次いで笹葉を眺めて、やがて首肯した。

「そうだとすれば、……私でも、特別とくらいには思うかもしれません」

乙女の表情が、微かに緩んだ。

「有難う、雪松。雪松、ほんとに有難うね」

雪松は漸次、強く頭を振って、そして乙女に言った。

「そうとならば、早速にも、この芋を植えることにいたしましょう。長老方への説得は、私が請け負います。藍も、今日中に干してしまいましょう」

雪松は井戸の傍へ向かった。三歩遅れて、乙女も後に従った。

第四章　つひにゆく

それから、季節は幾度も廻った。その間も邑は様々な艱難に見舞われたが、その都度、二人は邑人と協力して、ひとつずつ乗り越えていった。

四季の祭は怠らなかった。臨時の祭祀も執り行った。そして時には、あの笹竹を採物に、御神楽が舞われることもあった。

そのたび、雪松は見て見ぬふりを貫いた。

乙女が夜半に青年から教えを乞うている間、いつもより多めに布を被って、褥に張り付いた。耳にも指を突き刺して、何も聞くまいと思い籠めた。翌朝、教えられたばかりの手段ての方法を説明する際、乙女の顔が、自分の前では決して見せないような、嬉しそうな輝きに満ちていることが若干気に喰わなかったが、それにも可能な限り、気づかないふりをしていた。

雪松の忍耐は、生涯続いた。

自分でも、どうしてこのように胸が騒ぐのか、正直判らなかった。時に腸が煮えくり返るような、時に虚しさに千尋の谷へ突き落とされるような怒りや絶望を感じながら、……清く正しく在るべきなのは自分こそ同じなのに、と心中で足掻いた。

乙女の気持ちは解る、と雪松は思っていた。

乙女の言葉に偽りはない。恐らく、真に当人には懸想の情など皆無で、ただただ邑や人々のために、自らができることを懸命に探っているだけなのであろう。

結果、それで邑が見捨てられた例《ためし》はない。自分に迷惑がかかったことすら、ない。

……なのに。

雪松は心にかかる霧を、未だ払いきれずにいた。

「私は、愚かなのだろうか」

雪松は今年、傘寿を迎えた。不惑の年を二度も重ねても、浮かんでくるのは疑念と……、

「そして羨みの心ばかりだ」

雪松は、斎庭の井戸に映る自分の顔を眺めて、居た堪れぬ思いで託《かこ》った。すっかり白くなった髪と髯《ほおひげ》は、清浄の心を表してくれさえしない。

忌屋では、既に、次の日下の御子が迎えられていた。自分が入ったときにはまだ神子様は若かったが、自分の後にはだいぶ間が開いてしまったな、と雪松は思った。

漸う日例《ひなみ》の祭に仕えることができるようになったばかりの幼い神子には、本来なら先代の身の回りの世話も言いつけるべきところなのだが、雪松は敢えて、この未熟な徒弟を内弟子修行から遠ざけていた。

「神子様、今朝はお加減は如何ですか？」

未だ床に就いている老女に、雪松は優しい声をかけた。老女は数度瞬きをして、

「今日は、だいぶ陽が暖かいわねぇ……」

と答えた。

「山には桜が、野ではふぐりが開き始めたそうですよ」

「清明のお祭も、もうじきね」

老女は起き上がろうと、枕から頭を起こした。慌てて、雪松が駆け寄る。

「なりません……！　ご無理をなさらないで」

優しく抱きかかえて、もう一度床に寝かしつける。

「けれど、お祭の設えをしないと……」

老女は、再び身を起こそうとした。

「祭は、私と小糠《こぬか》で行います。大丈夫です、神子様はどうぞ忌屋で見守られてください」

雪松は老女に、衣を被せた。

「そんなに、神様から遠ざけないでちょうだい……。哀しくなるじゃないの」

老女は懇願したが、雪松は肯わなかった。

「寝ていてください。無茶をなされると、こちらが困ります」

雪松は力ずくで老女を床に寝かしつけて、榊を採りに表へ出た。

乙女が病牀《いたづき》に臥すようになってから、三年を経ていた。雪松は、若い神子を指導する傍ら、他者には一切手を触れさせず、乙女の介護を行っている。

ここまで育ててあげてくれた乙女に対する、当然の恩返しという気持ちがあった。

でも、それだけではあるまい……。

杜で榊を択《えら》んでいても、雪松の心は和やかでなかった。

恩返しなら、若い神子や邑の衆と手分けをして、乙女に不自由がないように世話を焼いてやるべきなのだ。……と、勿論思考では理解している。

しかし、頭脳でどのような論旨が展開されても、気持ちが素直にはついてゆかない。

……自分は、こんなにも我儘であったか。

雪松は、自らを疎ましくさえ感じた。

神に仕える者として、幼少期から、努めて人の世の煩わしさには拘《かかず》らわないようにしてきた自分。常に先回りして考え、皆の利益が最も増えるように、知恵を絞っては立ち回っていたつもりであった。

遊びたい年頃に遊べず、食べたいときに食べられず。眠りも、暑さ寒さも、それでも何ひとつ文句も言わないで、すべて受け容れてきたつもりだった。

今更、個人的な感情に囚われてなどいられまい。……そう、思うのに。

誰よりも何よりも、俗で個人的な思いばかりが、八十の老躯を炎のように駆け巡っている。

落ち着かない、このやるせなさを何処へ棄てれば良いのか、雪松は焦っていた。

このままでは、そう遠くない日に、……永遠に、後悔する羽目に陥りそうな気がして。

「しっかりしなくては」

雪松は一喝、この頃、動き辛くなった右足と共に腐れた精神を叱咤して、杜を出た。


こんもりとした榊の束を手に、鉈《なた》を腰に下げて斎庭へ戻ってくると、折しも飛び出してきた若い神子とぶつかった。

「どうした、大丈夫か？」

九歳ばかりの少女は、慌てて榊の根で少しく顔を切った。しかしそれにも構わないで、取り乱した様子で雪松に伝えた。

「婆様《ばば》が……っ」

雪松は榊の束を脇へ投げ捨て、右足を無理やりに引き摺って、忌屋へ急いだ。

忌屋には老女の、浅くも荒い息が谺していた。雪松は傍へ躙《にじ》り寄ると、その手を握った。

「神子様、雪松がお傍に控えております」

老女はその言葉には何も応じないままで、しかし、強く掌を握り締めた。

荒い息遣いが、少しずつ少しずつ、時間をかけて静かな息に変わってゆくまで、雪松は傍を去ることなく、老女の手を握り続けた。空いた片方の手で、肩を摩り背なを摩り、頭を撫でては肢を摩った。

時おり、幼い神子が水を運んでくると、白い端切れに含ませて、老女の唇《くちべり》を湿らせた。雪松が食事も摂らぬのを、少女から聞いて心配した邑人たちが粥など持ってきてくれたものの、雪松は自分のためには目もくれず、老女のために匙で掬って口元へ運んだ。

けれども老女は、もはやこの世の食べ物を口にすることは終《つい》ぞなかった。

「小糠、今宵はもういいから、休みなさい」

言葉で諭して、雪松は看病を続けた。

「でも、祝様は大丈夫なのですか？　もう、三夜もお眠りになっておりませんが」

いくら年端のゆかぬ少女にも、大凡《おおよそ》の事情は承知されている。雪松の、老女を心配する気持ちは理解できてはいるものの、やはり疲労が溜まっているのではないかと、彼女なりに懼《おそ》れたのだ。

「大丈夫だから。私はお前くらいの頃からずっと、丈夫で通ってきているのだから」

「婆様のことは、わたしが看ておりますから、祝様こそお休みになられては？」

少女にも、雪松の無理は気がかりの元だった。一刻二刻くらいの間なら自分でも頑張れそうな気がしたので、少女は雪松に提案してみた。

しかし、雪松はそれを拒否した。

「いや、僅か数刻といえども、もしものことが起きては、生涯無念の絶えるときがないだろう。ずっと目を醒ましていたいのだ。神子様が、こうして微《かす》けくも呼吸を続けていらっしゃるうちは」

雪松は身動《みじろ》ぎひとつもせずに、老女を見守り続けた。

「ですが、それでは、祝様がいつか倒れてしまわれます。祝様が倒れてしまいますと、邑の皆が困ります」

少女が言い返すと、雪松は吐息と共にこう言った。

「私は……、寧ろそうなってしまいたいくらいなのだ。神子様が喘《あえ》いでおられる苦しみ、その苦しみを共に分かち合い、一緒にゆけるものならば……、いっそ……」

その眦《まなじり》からは、涙が溢れた。少女はびっくりして、そして訊いた。

「祝様は、婆様のことが、とても大切なんですね？」

その問いかけに、雪松は老女の髪を三度、優しく撫で下ろし、

「そうだね……、本当に、そうなのだと」

と答えた。

自分自身で呟くような、且つ感極まったような声音に、少女は自分が立ち入ることのできない空気を感じて、婆様のことは祝様にお任せするのが良いのだと考えた。

「では、わたしは先に休ませていただきます。何かご用ができましたら、いつでも声をおかけください」

少女はそう言って、邪魔にならぬよう、土間敷きの藁の束に蓆《むしろ》を敷いて休んだ。


小さな紙燭の燈火の揺れる板の間で、雪松はじっと老女を見つめた。老女は、齢八十六を過ぎ、痩せて皺の増えた貌《かお》つきになってはいたが、白くなった眉の裾も蛾の触覚のように細く、おちょぼ染みた小さな口も仄《ほの》かに紅を帯びて、変わらぬ面影を宿していた。

雪松は、記憶の中に在る、最も初めの乙女の姿を思い返した。

あれは、自分が五つばかりになった頃だろうか。日々の祭祀の基本のお供え物をうまく奉れなかったとき、べそをかく自分に、優しく触れて慰めてくれた温かい手のひら……。

それから、数々の思い出が瞼を過《よぎ》った。

雪の中、戒められて凍える自分に、可哀そうだからと一緒に並んで立ってくれた、姉御肌のおませな横顔。

爺様が早くに亡くなって、その晩ずっと泣き明かしていたくせに、次の朝、暦のことを尋ねに来た邑人たちに、迷うそぶりも見せないで理路整然と説き教えていた、頼もしい後ろ姿。

朝焼けの忌畑で、昼時の竹林で、夕暮れの斎庭で、夜鍋の忌屋で、いつでも邑人のことを想い、気遣っていた、真剣な眼差し。

楡神様のお祭に奉仕する白い衣姿は、陽の光を浴びて眩いばかりに輝いていた。神子様の舞が、邑の誰よりも綺麗で直向《ひたむ》きで美しかった。

何より、朝な夕なに些細な話題で、こまめに言葉をかけてくださる、そのお声……。

お腹が減ったら、食事を作っていただいた。脱いだら、衣を掛けていただいた。零したら、拭いていただいた。付けたら、取っていただいた。転《こ》けたら、起こしていただいた。壊したら、直していただいた。破いたら、繕っていただいた。間違ったら、正していただいた。泣いたら、涙を拭っていただいた。……笑ったら、微笑み返していただいた。

嬉しいとき、哀しいとき、困ったとき、さびしいとき、悩んだとき、迷ったとき、……決して自分を一人にはしないでくださっていた、かけがえのないお心。

水車《みずぐるま》のように、思い出が脳裡をくるくると廻った。どれもが、自分にとって大切な、失くし難い景色。絶対に逸うことなどあってはならない、大事な大事な宝物だった。

「そうだ、私は……」

老女の体を摩りながら、雪松は思った。

少女が言うように、自分にとって神子様は、何より大切なお人だ。

日下の御子にとって、先代の御子が重要な存在になることは論を俟《ま》たない。だが、それに増しても自分は、神子様を特等に大事だと思ってしまっているのである。

喪《な》くすなんて、有り得ない。

雪松は、一日でも一瞬でも老女の寿命が延びるようにと、楡神に祈りながら看病を続けた。

「神子様、雪松は此処におります。……お判りになりますか？」

懸命に呼びかけるものの、答えはない。小さくなっていく息の音と開かない瞼に、雪松は不安を募らせた。

一秒だって、目を離すわけにはいかない。

眠るわけにも、厠《かわや》に立つわけにもいかない。無論、瞬きでさえ……。

「神子様、神子様……。雪松に、何でも言いつけてください。必ず、必ず、ご期待にお応えいたしますから……！」

今一度で良い。神子様の視界に、自分は映りたい。神子様のお声を聴きたい。神子様と心楽しい、……懐かしい、あの時間を共に過ごしたい。

この頃、五十にもなれば充分な人生の中で、皆よりも三十年も長く生きて、もう贅沢など言えるはずもないのに。いつそのようなときを迎えてもおかしくない年齢に至って、それでも自分は、こうした変わらぬ日々がずっと続くと思っていた。ずっとずっと、未来永劫、明日も続くと思いこんでいた。

否、……思いこもうとしていたのに相違ない。現実から目を反らしていたに違いない。

「それでも」

つひにゆく　道とはかねて　聞きしかど
きのふけふとは　思はざりしを

在原業平
『伊勢物語』一二五段
『古今集』一六巻　哀傷　八六一番

止め処なく、涙が流れた。水など、長く口にもしていないのに、この体の何処にこんなに水気が残っていたのだろう。

「神子様、それでも私には……、早すぎます」

自分の涙が老女の顔に落ちて、まるで老女が泣いているかのようにも見えた。

「いけない……、神子様には、笑顔がお似合いだというのに」

手拭いを取ろうとして、雪松は久しぶりに立ち上がった。

俄には立てない。ゆっくりと足を解きほぐし、弱っている右足を手で支えるようにして、漸くのことで雪松は三和土へ下りた。

流しに掛けてある布を取って、一足、二足、土の上を引き摺って板間へ戻った。顔を拭いてやろうとして雪松が覗き込むと、老女は瞼を開いて眼を泳がせていた。

「……神子様！」

雪松は両の肩を摑み、二度ほど強く名を呼んだ。

「……ゆき、まつ」

掠《かす》れるかどうか、ぎりぎりの小さな声が、雪松の耳に届いた。

「私でございます！」

嬉しさいっぱいで、雪松は応答した。

「雪松……」

しかし老女の目は、もう雪松の姿を捉えることはなかった。

「神子様！」

雪松が呼ぶと、老女は静かに瞼を閉じた。焦って、雪松は呼びかけた。

「神子様⁉」

微かな微かな、非常にゆっくりとした速さで息をしているのを見て、雪松はもう一度、老女に衣を着せ掛けた。

春の宵。

外では朧月《おぼろづき》が、咲き始めた桜の蕾を照らしている。天窓から差し込む月の光に、雪松はふと、天井を仰いだ。

ぼんやりとした月光に、湧き立つ雲が、もやもやと往来している。

何処かから、花の香りがほんのりと届く。沈香《じんこう》か、はたまた丁子《ちょうじ》か……。何となしに、胸が切なくなるような甘酸っぱい香りに、雪松は、懐古の念を抑えることができなかった。

不意に、一陣の風が、忌屋を吹き抜けた。夏のように暖かくはない、でも冬のように冷たくもないその静けさに、雪松は我に返った。

何気なしに風の入ってきた入り口のほうを見ると、薄暗いそのあたりに、音もなく、いつの間にか一人の男が立っているのが見えた。

雪松は驚愕して言った。

「貴様は……ッ」

雪松には、そこに立っている男が、畢竟お迎えなのだということが、感覚的にすぐに解った。

「来るな！」

険しい顔をして威嚇する。背中に老女を庇《かば》いながら、雪松は、急いでその場に立膝を突いて身構えた。

目と鼻の先の棚の上に、護身用の木太刀が掛けてある。そのことを思いながら、雪松は男に怒鳴った。

「そこから一歩でも、此方へ来るでないぞ！」

そして、すぐ脇の燭台を高く掲げると、男のいる入り口のほうを照らした。

そこには、嘗て何度か遠目より覗き見たことのある、旅の薬士の姿があった。

身形《みなり》こそ、これまでの身軽な旅衣よりは上品な、萌黄《もえぎ》色の直衣《のうし》姿であったが、顔つきは往時と変わらず、濡れ羽なす烏の黒髪に、若々しい肉体が装束の隙間より垣間見えて……、永らく抑圧してきた記憶の光景と重なり、雪松の心は憎しみに震えた。

「やはり貴様……、異形の者め。神子様の命を奪いにやって来たのだな！」

雪松は紙燭を下ろすと棚へ急ぎ、木刀を取って戻ってきた。

「神子様は渡さぬ！」

眠っている老女を背に、老体の祝は木太刀を構えた。

そうやって、どのくらいの時間、向き合っていたかは判らない。雪松は構えを解かず、男もまたその場を動くことはなく、両者はそこで対峙していた。

そのうちに、ついと、紙燭の油が絶えてしまった。一筋の白い油煙を残して、あたりは暗くなった。

分が悪い、と雪松は思った。しかし、絶対に神子様のことは守りたい。雪松は頭の中で策を練った。

空の上で、雲が湧いては流れ去った。月の明かりが、時に強く、時に弱く明滅する。薄暗い闇の中で、花の香りが、これまでより一段と敏感に感じ取られた。

膠着状況が、どのくらい続いただろう。すっと、唐突に、男が此方へ歩み寄った。

雪松は、慌てて木太刀を振り掲げて男を留めようとしたが、足の万全でないのが妨げになって、うまく当たらなかった。

二度、雪松が木刀を振り上げようとすると、男はそっと、老女のほうを指差した。

釣られて、雪松が老女を見遣ると、老女はこれまでにないほど、大きくて長い息をゆっくりとついていた。

思わず、雪松は木太刀を放り投げて、老女の元へ駆け寄った。

「神子様！」

雪松は老女の手を取って、喚《わめ》かんばかりに名を叫んだ。

「神子様、神子様‼　……ああ、逝ってしまう、私の大切な神子様が！」

苦しげに息をする老女に、雪松は已むに已まれず、男を振り返って言った。

「連れて行かないでくれ！　この方を連れて行かないでくれ‼」

雪松は渾身の力を振り絞って頼んだ。

「この方は私の最も大切な方。連れて行かれては、私も生きられなくなってしまう！　どうかどうか、……私は何でもする。何でもするから、見逃してくれないかっ！」

あといくつ……？

老女の息がどのくらい保つのか、雪松は不安に駆られて叫んだ。

「頼む、頼む！　どうか……‼」

掌の温もりが、消えてしまわぬように。

雪松は必死に老女の手を握り、体中を摩った。

「逝かないでください、逝かないでください神子様！」

雪松が泣き叫ぶうちにも、男は静かに一歩、此方へ踏み出した。

二歩、三歩、……すぐさま雪松は、老女の体に覆い被さるようにして、その命を守ろうとした。

文字どおり、「懸命」の抵抗だった。

けれど。

雪松と老女のすぐ隣にまで来た男は、最期の息と合わせるかのように、老女に向かって手を差し出した。

その手は、雪松が見たことがないくらいに、白く透き通っていた。

はっとして、雪松がいけない、と思ったときには、床に寝ている老女の姿から一筋の嫋やかな手が差し伸べられ、男の手を取っていた。

気がつくと、雪松の前に、一人の乙女が立っていた。

乙女はうら若く、年の頃は十八くらいで、髪も艶々と長く棚引かせ、ふっくらと餅のような頬には桃の花の如き朱鷺《とき》色を差して、黒い瞳も煌々と、美しい朱華《はねず》色の着物を纏《まと》って佇んでいた。

「み、かんこ、さま……」

驚いたような、それでいて、その姿が懐かしいような奇妙な心境に襲われて、雪松は声を絞り出した。

乙女は、ほんの少しだけ雪松のほうを眺めて、そしてすぐに、迎えの男のほうへ歩み寄った。

まるでそうするのが自然と言わんばかりに、目覚めたばかりの乙女は、じっと男のほうばかりを見つめていた。

それを見て、雪松は、心が掻き乱される思いがした。

……なぜだ、今また神子様は、私ではなく、あの旅の薬士のほうを！

荒々しい気持ちが魂の底から巻き起こり、雪松は男の袖を引いた。

「貴様、神子様を連れて行くつもりか!?」

男はちらっと一瞥して、そして何事もなかったかのように、乙女の手を引いて行こうとした。

「待て！　そのようなことは、断じて許さないぞ！」

雪松は、男と乙女の間に割って入った。

「この人は私の大事な人だ。勝手に連れて行かせるわけにはゆかない！」

雪松は精一杯体を張って、二人を食い止めた。乙女が、少し戸惑ったような表情をして立ち止まった。

「神子様、どうしてそのような男と逝かれるのです？　ゆくのなら、私と一緒に参りましょう」

雪松は、強引に乙女の手を取って、男とは反対の方向へ進もうとした。乙女は明らかに戸惑った。

雪松は構わず、乙女を引っ張った。乙女は強く引かれて、よたよたと数歩、雪松のほうへ転がり寄った。

「私が、神子様を守って差し上げます。私が幸せにしてあげます。誰よりも、私が神子様を守るのです。誰よりも、幸せにしてみせます。……ですから参りましょう、私と。他の誰とゆくよりも、その男と逝くよりも、必ず、あなたを笑顔にして差し上げますから」

雪松は乙女を無理やり抱え上げて、忌屋の奥へ行こうとした。乙女は焦って、じたばたと抵抗した。

「我慢なさってください、神子様。このままでは、神子様は、あの者に二度と戻れない処へ連れて行かれてしまいます」

雪松は、強い覚悟で乙女を攫《さら》った。この先どうなろうと、どんな未来が待ち受けていようとも、今、此処で連れて行かれてしまうよりはずっと良いように感じられたのだ。

雪松の肩の上で、乙女は再三踠《もが》いて、首を振った。

「神子様はきっと、悪い呪《まじな》いでもかけられていらっしゃるんです。帰りましょう、私と。安全で無事で、何の心配も要らない処へ……、私たちの故郷へ還りましょう」

諭すように言って、雪松は、突き当たりの勝手口から外へ出ようとした。

乙女は一層強《したた》かに足掻いて、その弾みで、雪松の肩から転げ落ちそうになった。雪松は驚いて、ほんの一瞬、足を止めた。

「どうして、どうして神子様は聞いてくださらないのです！　いつもいつも、あの薬士にばかり従って……！　私は、……私はあの薬士が憎い！　このような根暗い悪い感情に身を任せたくなくて、今まで認めないできましたが……、もう限界です。私はあの薬士を許せない。仮令《たとい》、真に楡神様が遣わしてくださった薬士だったとしても、一体どうして、どうして私から神子様を奪ってしまうのです?」

雪松は激情を吐露した。

「邑を守ってくださるためならば、神子様を奪う必要なんてないではないですか! 神子様は、私にとってかけがえのない方……。どうして私から、命のように大切な方を奪うのです? 神子様は私の大切な大切な、たった一人きりの女性なのです!」

雪松の目から、熱い涙が滝のように零れた。乙女はその涙に驚いて、少しく抵抗するのを控えた。

暫し、静かな時が忌屋に流れた。雪松は、やがて力なく、乙女を肩から下ろした。

「神子様は、……どうしても逝ってしまわれるのですね。その男と。私がこんなにお止めしても、逝ってしまわれるのですね」

悲嘆に暮れて、雪松はがっくりと膝を折った。そして、言った。

「でしたら、……どうかお願いです。私も一緒に、連れて行ってください」

土に突っ伏して、雪松は懇願した。

「神子様が逝かれると言うのなら、いっそのこと、私も一緒にお連れください。神子様のおられない世など、私には未練もありません」

乙女は困った顔をして、男を見た。男は首を二度、横に振った。

「どうして、そんなに後生なことを仰るのです。神子様は、無茶ばかり、私にお仕着せられる……」

雪松は声を上げて哭いた。八十の翁が、子供のように泣きじゃくった。

それを見咎めて、俄に、乙女は男の元へ走り寄っていった。そして暫くして、再び雪松の処へ戻ってきた。

「雪松……」

澄んだ、優しい声を聴いて、雪松は、はたと顔を上げた。瞳の中に、慈愛を湛えた眼差しの、乙女の優しい顔があった。

「神子様……」

震える声で、愛しいその乙女に呼びかける。乙女は笑顔で頷いた後、もう一度、雪松の名を呼んだ。

「雪松。あなたの深い深い気持ちは、とても嬉しいけれど。……ごめんね、一緒には行けないの」

乙女は屈んで、雪松の手を、今度は自ら取った。

「わたしが今から行く世界はね、あなたが、今のままでは、絶対に来られない場所。そして……、あなたには、野木邑の日下の御子としての務めが、まだ残っているわ」

「…………」

「雪松。あなたのお蔭で、わたしの人生はとても素敵なものになったわ。わたし、決して忘れないから。だから」

「神子様……」

「お願い、聞き分けて、雪松。わたしは、あなたのことが嫌いであなたの許を離れてくんじゃない。それにあの方もまた、一度もあなたからわたしを奪おうなんてなさったことはないわ」

「では、なぜ神子様は、あの男についていかれるのです……？」

ぐずりあげながら問う雪松に、乙女は温かい声音で応えた。

「あの方は、本当に特別のお方だからよ」

「……一体、どなたなのです？」

乙女はくすりと笑って、そして言った。

「きっと……、雪松にも、いつか解るわよ」

それから、まだ頬に残る涙の跡をそっと指先で拭いて、二、三度、丁寧に……、丁寧に、雪松の白くなった頭を撫でてやった。幼い頃、毎晩、枕元でそうしていたように。

「神子様……。私は、……私はまた、いつか、あなたと巡り逢えるでしょうか？」

乙女は起ち上がって、小さくうち笑んだ。そして、身を翻して、男の許へ駆けていった。

雪松は、耳の奥に残った柔らかな音階と、掌に残った甘い温かさを擦《なぞ》りながら、乙女たちの消えていった闇の静寂《しじま》を眺めていた。

第五章　笹葉への祈り

それから、五年の歳月が流れた。雪松は、あの時の老女と同じくらいの年になっていた。十四歳の小糠と共に、楡の神に仕える毎日だ。

年を取りずいぶんと古びれてはきたものの、雪松は相変わらず、風邪ひとつひかない。頑丈な体は、まさに雀百までの様であった。

対して、小糠は体が弱かった。再三寝込んでは、雪松や邑の者の世話になることの繰り返しであったが、とうとうある日、忌畑で作業中にはたりと倒れてしまった。

忌屋に運び込まれた時には、高い熱で浮かされ、ふるふると震えながら体を硬《こわ》ばらせていた。初めのうちは、冬の流感か夏の瘧《おこり》のようなものではないかと考えられていたが、やがて目が真っ赤に充血するに至って、どうやら違う病に罹っているらしいとの判断が下された。

「小糠様は大丈夫なんだろうか?」

「こう言っちゃなんだが、祝様はもうかなりのお年だ。小糠様に何かあったら、日下の御子はどうなっちまうんだ?」

邑人の気がかりは、楡神祭祀の継承にあった。

「日下の御子がいなくなったら、お困りになられるのは楡神様だ。楡神様がきっと守ってくださるだろう」

「それはそうだが。菅風様、斎笹様、雪松様と、お三代に亘ってご長寿が続いてこられたからなぁ。小糠様の後はまだおられないし……、お世継ぎで詰まって大変なことになるかもしれんぞ」

「確かにそうだ。何かあったとしたって、長老方でも、楡神様の祭祀の細かなところまでは、流石にご存知ないからなぁ」

邑人たちは口々に噂した。そして、早く冬至に子を生まないと、と騒ぎ合った。

雪松は、物識《ものし》りの隠居らと共に小糠の世話をしながら、その容体が日増しに悪くなっていくのに心を痛めていた。

先代様が残してくださったお薬の処方や調合法など、試せるものはみな試した。楡神様にも、ご無理をお願いして例年よりも多くの楡玉を戴き、地域の名主《めいしゅ》である公方様のお屋敷へ売って、とにもかくにも薬士を紹介していただいたりもした。

ただ、その薬士はちょっと診ただけで「こりゃいかん。伝染ってしまうやつだわい」などと勝手なことを言って、慌てて逃げ出してしまった。仕方なく、後日改めて使いを遣り、薬の処方を尋ねてみたが、特効薬などはないとの返事であった。

小糠の体力だけが、頼みの綱か……。

雪松は、日常《ひごろ》殊の外虚弱であった小糠の体を思って、頭を垂れた。何か、小糠の身を強くするような野草と出会えると良いのだが。

「そういえば、神子様もお体が丈夫でなかったな」

だからこそ、せっせと学ばれては、様々な薬草を組み合わせて、幾方もの薬を作っておられた。而《しか》に自分は丈夫であったから、今ひとつ、病の類には詳しくなれなかった。

雪松は、隠居らと交替で山に入っては、右足を引き引き、小糠の体に良さそうな草木を探した。若い者が斃《たお》れるのは、邑の皆の元気が下がることでもある。

「せめて病に倒れたのが、この老い先短い、老い耄《ぼ》れのほうであったのなら」

雪松はそう零して、楡神に清水を捧げて祈っては、見つけてきた野草や薬草を煎じて呑ませてみた。


小糠が臥して、十日になる。病状は快復するどころか、今度は、体中が黄色く染まってしまった。邑人たちは、愈々噂に明け暮れた。

「これは本当に、日下の御子の一大事だ。小糠様は、もう無理なんじゃねえだろうか？」

「公方様ご紹介の薬士でも匙を投げちまうんだ。それどころか、あるいは流行り病かもしれないって言うんだから、こっちに伝染らなきゃいいがね」

「病丈夫の祝様だって、御年八十五じゃ、今度ばかりは判らねぇぞ」

陰口が耳に入るたび、雪松は気を揉んだ。

場合によっては、本当に日下の御子が絶えてしまうなどという事態も、有り得なくはない。それが、どれほどに険しい事態であるのか痛いほどに解っている雪松には、小糠を何が何でも救い上げるより他に道はなかった。

いつまで保つか、……小糠は。そして、この老い耄れは。

雪松は小糠のために、また日下の御子を擁することで成り立ってきたこの邑の人々のために
……、小糠の看病をしながら、ひとつの祭をおこなうことを決めた。

「慣れない祭だ、うまくいくとは限るまい」

雪松は塩で自らの身を清め、白い斎服を身に著《つ》けて、神棚を仰いだ。

……自分のためなら、ここまでは、しない。

雪松は、そう思った。

しかし。

小糠のため、邑のためだ。

言い聞かせるようにして、覚悟を決めた雪松は、その神棚にそっと手を伸ばした。

「楡神様、今はどうかご容赦を」

そう呟いて、雪松は瞳を閉じた。

震える手で、そこに置いてある、一節の笹の葉を採る。乙女が嘗て、特別のお祈りを捧げる時にだけ、御神楽の採物とした笹葉だ。

乙女が触らなくなってから、ずっと、そこに置かれたままになっていた。勿論雪松も、今日まで触れたことはない。

自分には……、正直に言って、乙女が語っていたこの笹葉の不思議な証《あかし》など、さほど信じられない。乙女の言葉を否む意図はないが、かといって、いつまでも瑞々しい笹葉それだけで何か過ぎたる特別のものを感じるなど、とてもできなかった。

そんな……、不信心者に、祭が務まるのか？

雪松は半信半疑だった。

ただ。

神子様なら、この難儀、どう立ち向かわれたであろう？

そう考える時に、この笹葉を、雪松は避けて通ることができなかった。

小糠のために、すべての手を尽くしきるために。

最後とは、この笹葉を手に採った上で、訪れるものだ。

とはいえ。

信じることの、易からぬこの笹葉。

もし、何かこの笹葉に積極的に力を認めるとするのであれば、自分にとってこの笹葉は、あの乙女の採物であったという一点だけだ。

「神子様、……どうかあなたの〝信じる〟お力を、私に貸し与えてください」

雪松は笹葉を、強く握り締めた。

去《い》にし年　疑り怪しみ　訝りて
罵《ののし》り謗《そし》る　吾《あ》が愚《をこ》の
妬み嫉《そね》みし　羨みに　曲がりし己が　身の故と
漸う知りて
君が手の　穢れ無きこと　穢れしと　装ひ恨みし
かの節《ふし》を　糺《ただ》しもせずに
君が目の　曇り無きこと　曇りしと　詐《いつは》り憾《うら》みし
かの時を　改めもせず

今日《けふ》までも　月日重ねし　吾が愚《をそ》を
遅くも乍ら　今此処に　祭仕へて　詫《わ》び奉る
君を祀りて　乞ひ奉る　赦しを若しや　賜ふなら
君を篤くも　信じたる　君の連れにし　吾が邑の　斎《いつき》の巫女《みこ》の
楡神の　日下の御子の　その末の　稚《わか》き神子　小糠てふ
神の仕への　折々に　例《ためし》ならざる　病得て
十日ばかりも　病み臥せり
先達どもが　書き残し　伝へおきたる
種々《くさぐさ》の　薬の草を　挽き集め
野山に入りて　掻き集め
昼夜分かたず　試みて
効源《しるし》有るをぞ　祈りつつ　朝な晩《くれ》なに　挽き与え
代はる代はるに　煎じ遣り　病の去るを　願ひても
日増しに息の　弱りゆき
竟《つひ》には肌も　山吹に　染まり爛《ただ》れて
邑人の　口性なきまで　騒《ぞめ》き合ひ

頼みの綱の　公達の　御舘の薬士も　匙を投げ
此処に手段ての　窮まりて
病厳しき　その折に　日下の御子も　尽きかねず
小糠の末だ　闘ふも
老い曝《さらぼ》ふる　この身には
薬の草も　石さへも　見つけられずに　日の過ぎて
せめて老いたる　この身こそ　黄泉の下にも　逝くものを
老い耄れだけの　健《たけ》きにて　若き命の　康《やす》からず
如何な術にて　あらうとも
この小糠こそ　冥加にて　救はせ賜ふ　道示し
日下の御子を　護り継ぐ　手段てを之《これ》が　野木邑に　齎せ賜ふ
神高き　薬士の業を　乞ひ求め　探し求めて
日ノ本を　漁《あさ》り尽くさむ　その旨で
己が嘗ての　愚かさを　知らぬはずなき　この身をも
己が果てなき　愚かさを　今しも持てる　愚《をこ》の身を
顧みずして　羞ぢずして

畏れ多くも　君が手に　縋り奉りて　禱《ね》ぎ奉る
この怪《け》しからぬ　吾が祈り　ひとへに邑の　ためとして
嘉し賜ひて　受け賜ひ　幸ひ賜へと
貪《むさぼ》りの　限りを尽くし　我儘の　限りを尽くして
乞ひ祈《の》み奉る……

雪松は、心を籠めて祈った。

ただ、一心に。偽りも、飾りもないように。

傍で、懸命に病と闘っている小糠のために自分ができることは、ひたすら正直に頭を下げることだけだった。

もし、神子様の言葉が本当に成就するものならば、これほど心頼もしいことはない。しかし、未だ無条件にそれを信用できない自分にとっては、偽りで信じたふりを演じるよりも、この虫の好すぎる自分自身を真っ直ぐ曝《さら》け出して、彼《か》れの裁定を仰ぐしかないのだ。

神子様が信じた相手だから、自分もまた信を置きたい。……神子様のことを、自分が信じているから。

いっぱいにまで気持ちを奮い立たせても、それが自分の現状だった。だからこそ、それを雪松は、そのまま祝詞に籠めた。

手の中で、風もないのに、さやさやと笹は鳴った。きらり、きらりと、美しい光鱗が洩れ落ちる。

確かに……、少し、不可思議な笹かもしれない。

雪松は考えた。

乙女の心根が純朴なことは、言を俟たない。但し、ただそれだけで誰彼なく信じるほどに、乙女は騙されやすいお人好しでもない。

乙女は、過たず自分で考えて、そして、この笹葉の主を信じたのだ。

今、自分に同じことはできない。疑惑の頃を超えて改めてその者と会い、自分の目と心で確かめることは、もはや不可能だ。

では。

……では、信じないのか？　それだけのことで、誰かが強く信じた者のことを。

自分が彼れを疑ったのは、単に、自分が彼れを好きになれなかったからだ。

それはなぜか。己のつまらぬ嫉妬心が、相手を見る目を曇らせてしまっていたためだ。

つまり……。

無心の眼差しで、笹葉を見遣る。笹葉の放つ光と香りとは、清々しくて清らかで、……自分などが手触《たふ》れても構わぬものか、悩ましいほどに尊く見えた。と。

不意に。こうして持ち続けているのが勿体ないように感じられて、雪松はうっかりと、笹葉を手から取り落としそうになった。しかし、そうして地に墜《おと》してしまうのもまた畏れに感じて、雪松は勇気を以て採り直した。

笹葉は、揺れるでもなく震えるでもなく、さやさやと鳴って輝いていた。

乙女は何を見て、何を知って、この笹葉を信じたのだろう。邑にとって、あれほどまでに重要な意味を持つ数々の場面で、どうしてこの笹葉の働きを……、信用し、祭を執り行ってきたのだろうか。

一体、乙女はこの笹葉を見て、何を感じた？　あの笹葉の主と逢って、どう感じてきたのだろう？

〝きっと……、雪松にも、いつか解るわよ〟

乙女はそう微笑んでいた。

静かな、自信に満ちた笑顔。いつか、自分にも、摑める日がやって来るのだろうか。

「追越山から戻ってこられた朝から、この笹葉は忌屋に在ると仰っていた。追越山での恩人から渡されたと」

ということは、追越山で神子様を救ってくれた者が、あの旅の薬士ということになるのだろうか。

「命を救われたから、信じたのか？」

確かに。

誰でも、命の恩人を疑う者などいないだろう。辛《から》き処で救われたればこそ、感謝も一入《ひとしお》だ。

それだけか？

「救われて、……惚れた？」

否、それは寧ろ、自分のことであろう。自分は、乙女に救われてきたと思うからこそ、人一倍に愛おしく感じてきたのだ。

でも、神子様は……。

「なぜ、死してなお、彼れについていかれたのだ。神子様には、そうすべき理由がさして見当たらないのに」

なるほど、少し、不思議な笹葉。とはいえ。

「この笹葉の主を、神子様はどうして、斯くまでも特別と仰るのだろう。扨《さ》てもあの薬士は……、死んだのか？」

判らない。

単に自分が知っていることは、あの薬士は、いつも玄妙な薬草や作物の種を邑に齎し、自分たちを救ってきたということと、いくつになっても年を重ねないこと、そして……、乙女がこの世にさよならを告げる時、自ら迎えに来たということだけだ。

ずっと、神子様を誑《たぶら》かす浮浪者と見下してきた。薬だって、何処かから盗んできたものと考えていた。

やがて、歳月を経ても変わらぬ姿に、異形の者なのだと確信するようになった。神子様の命を狙っている、物の怪の類であろうと。いずれ、清純な楡の樹神の処女《おとめ》である神子様を、安心させ油断させた上で自分から引き離し、その命を弄《もてあそ》ぶのではないかと不安で堪らなかった。

ただ、そんな日は来なかった。乙女が老いて命尽きる日まで、かの男は一度も乙女に手を出したことはなかった。乙女は隙だらけなのに、……いや、それでも自分もまた、手など出せるはずもなかったが。

乙女はずっと、乙女自身のままで、清かった。最期の刻まで。

だとしたら、一体、何のために、あの男は。

ここまで、この邑のために、力を尽くしてくれたのだろう？

「薬士と言うより、方士《ほうし》のようだ」

奇妙な業を以て、乙女や邑人たちを助けてくれた。自身には、これといった見返りがないのにも拘らず。

死んで蓬莱の山にでも帰っていったか？　乙女を連れて。

それとも神子様は、邑のために自分を捧げ物にして、あの薬士についていったのか？

結局、神子様は、……幸せだったのか？

雪松は、しげしげと笹葉を眺めた後、その笹葉を神棚に奉って、小糠の看病へ戻った。


小糠の肌は、黄金の箔でも施したかのように、山吹色に黄変していた。

こうなってから、二度の夜が明けていた。呼吸は、どんどん弱くなっている。もう間に合わないかもしれない、と雪松にすら思われた。

諦めまい、と思うものの、

「自分は神子様ではないのだ……」

ついつい、もう無理ではないか、駄目なのではないかという、弱い心が囁《ささや》きかける。

どうすれば良いのだ、どうすれば……。どうすれば小糠を助けてやれる？

雪松は老体に鞭打って、小糠を介抱し続ける。

小糠が、初めて忌屋へやって来た時の、喜びに満ちた神子様の顔。

仮に、私たちの間に、娘か孫でも生まれていたなら。

たぶん、神子様は、あんなお顔をなさるのだろう。小糠は、我々、忌屋に暮らす者の大事な家族だ。ぜひにも守ってやりたい……。

その夕、看病に草臥れた雪松が、ついうとうととしていると、表から数人の子供の呼ぶ声がした。

「祝様、これ何ぞね？」

「祝様、教えてたもれ」

賑やかさに目を醒ました雪松が外へ出てみると、子供たちが、手に手に不思議な黒い実を持っている。

「わざわざこんな処まで……、それはどうしたのだ？」

雪松が尋ねると、子供たちは口々に答えた。

「萩原《はぎはら》の赤さが、昼過ぎにね」

「うんうん、赤さがね。変わった子猫を見つけたんだよ」

「うんうん、子猫。野良道の向こうで、みゃあみゃあ鳴いてたんだって」

「そしたらね、黒い実をね」

「子猫が黒い実をね、いっぱい咥《くわ》えててね」

「そうそう、それで赤さがね、環《たまき》さや紅葉《もみじ》らとね」

「その黒い実、拾ってね」

「繻子《しゅす》玉みたいに、綺麗でね」

「名主様のとこ持ってってたらね、祝様に聞けって」

雪松は、ころんとひとつ、手の中へ転がってきた実を眺めた。

「それで、皆でわざわざ持ってきてくれたわけだね……？」

……とはいえ、何であろうか、この実は。名主様もご存知ではなかったのか。

「名主様が、私の処へ持って行けと？」

もう一度訊くと、子供たちは燕《つばくらめ》の雛のようにさざめいた。

「うんうん、子猫がね」

「子猫のこと話したら、忌屋へ行けって」

「なんか、キッチョウって言ってたよ」

「キッチョウだから、忌屋へ行けって」

何のことだか、子供の説明では要旨が得られない。

「吉兆……？　その子猫は、変わっていると言ってたね。どんな子猫であったかかな？」

恐らく、名主様はこの実を見たのではなく、子猫の話を聞いて、子供たちを此方へ差し向けたのだろう。だとしたら。

子供たちは、まるで自分の手柄でも名告《なの》るかのように、我先に答えた。

「とっても変わった子！」

「一番星が点《とも》るくらいの、濃い濃おーいお空の青より、もっともっと青くて」

「虫除けの野良着の染めよりも、深ぁーい紺で」

「名主様の太刀の柄巻よりも、暗ぁーい藍で」

「とにかく、黒い黒い、青猫！」

黒い黒い青猫……!?　何を言っているのだ、この子らは。

「青猫など、聞いたこともないが」

「だから名主様が、キッチョウだって！」

子供たちは言い張った。

……だとして。

「その子猫は、この実をいくつ置いていったのだね？」

「七つだよ！」

ひい、ふう、みい、よ、いつ、むう、なな。

子供たちは、畑の緑豆《あおまめ》ほどの大きさの黒い実を、ひとつずつ、雪松の掌に数えて載せた。

青い毛並みの猫などいるはずがない。子供たちの話が間違いでないなら、それは白鳳や朱鳥などと同じで、瑞祥なのかもしれない……、が。

この実は、何だ？

真っ黒で艶めいていて、まるで女性の髪のようだ。子供たちは、実だ実だと言うけれど、僧侶が手にする念珠のような、一見、玉にも見て取れる。

「ねえ、祝様。それ、なぁに？」

何かと訊かれても、皆目、見当がつかない。今は小糠のこともあるし……、と雪松がその場を辞そうとした時、

「ねぇ、祝様。あの子猫、首に、笹の若葉みたいに綺麗な萌黄色の鈴を付けてたよ」

一人の子供が言った。

それを聞いた途端、雪松は急いで忌屋へ、その黒い実を持って取って返した。

「この実を、小糠にやらなければ」

病の者が呑み込むには少々大きいかと思えるその実を、雪松は砕こうとした。

が、石で敲《たた》いても、その実は一向に割れそうにない。思った以上に硬い。そのうえ、つるつるとしていて、力ずくで敲けば、すぐに何処かへ吹っ飛んで行ってしまう。

「それとも、これは煮出すのか？」

早速煮てみたが、汁の色も、いつまで経っても変わらない。

何が正しいのだ……？

諦めて雪松は、この実を直接、小糠に呑ませることにした。

「例えば、これは実ではなく、やはり玉だとしたら」

都の天子様や唐の皇帝陛下などは、御悩《ごのう》の折に石を呑まれることがあると、微かに聞いたことがある。

雪松は、高熱で意識さえ朦朧としている小糠をそっと抱き起こし、鼻を抓《つま》んで噎《む》せぬようにしてから、口に玉を入れて水を注いだ。

小糠は、衰弱で粥もほとんど喉を通らぬほどだったが、条件反射で、ごくんと玉を呑み込んだ。

雪松は、詰まらせぬように細心の気を払いながら、小糠がきちんと呑みきるまで水を与えた。

その子猫の姿を、自分が見たわけではない。

子供らの話も、脈絡がぐちゃぐちゃだ。

この不思議な黒い物体についても、何か判っているわけではない。

「そうか……、これを〝信じる〟と言うのか……」

雪松は、人生の結びの時期に至って、漸くひとつ、大切なことを学んだ気がしていた。

信じるとは、斯《か》くも難しき心の修養なのか。

これまで。

信じるとは、勝手に降って湧いてくるものだとばかり思っていた。自分の心の中で、自動的に起こってくる感情なのだと。

でも、違った。

自ら努めて信じようとしないことには達成できない心の働きを、信じると呼ぶのだ。

雪松は、生前乙女がよくそうしていたように、神棚を見上げた。

あの笹葉を持って乙女が祈った相手は、誰だったのか……。

誰であろうと、こうして今、我々の願いに寄り添っていてくれている。

神子様のお蔭かもしれない。とも、雪松は思った。

神子様の、相手を信じる心。そして、小糠を可愛いと思ってくださるお心が、不信心な自分をして、その神に取り次いでくださったのだろう。

小糠に玉を与えてから、一刻が過ぎた。気のせいか、その肌に満ちていた山吹色が、いくらか治まってきたように思える。

「峠を越えたか」

雪松は僅かに安堵の溜息を洩らした。玉は、まだ六つ残っている。

明日からも、一粒ずつ、大切に呑ませていただこう……。

雪松は神棚に二つ、更にもう二つ柏手を打って、杜の楡神様と今一柱の神に、じっと手を合わせた。

すべての玉がなくなる頃、小糠はすっかり平静を取り戻した。

不可思議な玉に命を繋《つな》げた小糠は、自分の体は神様から戴いた命と、邑のために真面目に働き、一層謙虚に能く神を信奉した。……楡神様は勿論、不思議な笹葉の神様も。

卆寿を迎える頃、雪松は三瀬《みつせ》の川を渡った。邑人皆に囲まれての大往生であった。最期まで病気に苦しまず、頑強なまま逝った。伝えるべきことは皆、小糠に託されていた。

今際《いまわ》に際し、雪松は、楡神様に、自分の髪を少し切って供えさせた。楡神様の祝として、生涯結ばれた縁を感謝するためだった。

それから雪松は小糠に命じて、神棚の笹葉を持ってこさせた。笹葉を、目の光が失われるまで飽きずに眺め、愛おしそうに撫でていた雪松は、やがて静かにその笹葉を胸に置いて、ゆっくりと最期の息を引き取った。

雪松は、幸せな笑みを浮かべていた。

烏羽玉《うばたま》の　魂の緒絶えむ　深き夜の
　夢に見ゆるは　妹《いも》が俤《おもかげ》

その笹葉は、やがて、楡の樹の杜の神宝《かむたから》となった。

次第に、この手草を採って御神楽を舞う者もいなくなったが、今もなお、その笹は、凡そ千年の時を経て、若竹のままの姿と香りを保っていると言われる。

楡の樹の跡に建つ社に仕える人々は、この稀有な笹葉のことを「常磐《ときわ》の笹葉」と呼んで、大切に守り伝え続けている。

〜結〜

自跋

はじめまして、または、ご無沙汰いたしております。大島菊代と申します。このたびは、相も変わらず拙い小品をご清読いただきまして、心より感謝申し上げます。

いつも巻末に附させていただきますこの「自跋」欄、必ずしもお目通しをいただけますとも限りませぬし、こと本作では当初からものするつもりはございませんでしたが、編集方より今回こそは付けますようにと求められましたので、いつもに輪をかけて蛇足を書き連ねますやもしれませぬが、お時間の許されます諸兄諸姉様はおつきあいいただけますと幸いにございます。

扨《さ》て今作の主題は、ひとり愚案の中では、人が何かを「信じる」という行為についてその価値や意味を改めて考えてみよう、というものでございました。

日常生活に於きましても、約束を反故にされましたり、仲が良いと思っておりました友人から突如冷たい言葉を投げつけられましたり、愛し合っておりました夫婦が実は浮気をされておりましたなど、この人を信じて良ろしいのか、その話は信用に足りますのか、という問いにぶつかりますことは、生きておりますと誰しもに避けがたく起こり得るものでございます。生まれたばかりの赤子の頃より周囲の存在や環境を信頼しないでは命を繋ぐことができませぬほど、人にとって「信じる」ということは、基本的であり重要な事柄であるはずではございますが、明らかな悪意に欺かれますほど何でも許容して無防備に信用いたしますことは、寧ろ「信じる」ことへの怠慢でございますし、その一方で、一度のすれ違いやあどけない過ちを以て二度と信じないといいますのも、慎重でも警戒心でもなく、頑なに心を閉ざしているだけになります。

何かを「信じる」こと、誰かを「信じる」こと。人を「信じる」こと、神を「信じる」こと、仏を「信じる」こと、……あるいは、自分を「信じる」こと即ち「自信を持つこと」もまた、折に触れて、とても悩ましく難しい課題となりましょう。ある意味で、そうした困難をひとつひとつ乗り越えまして、自分なりの折り合いをつけ、時に諦め、時に待ち望み続けますことが、人生という旅路の道程なのだと申せるのかもしれませぬ。

そのようなことをぼんやりと考えながら、ふと周りを見渡しておりますと、そもそも「信じる」という言葉自体が、かなり曖昧な用いられ方をしているようにも思えてきたのでございます。時に私どもは、恰もそれがひとつの感情でありますかのように誤解をいたしまして、自己の中に相手や対象となります物に「好ましい」「望ましい」「良いこと」という感情が現在湧きます場合に「信じる」という表明をしてよいという判断を下すようになってはいないでしょうか、と。勿論、そうした面も「信じる」の範疇にはありますけれども、昨今、どうもその面ばかりが独り歩きをいたしておりまして、「信じる」という言葉が「状態」を説明する言葉になってしまいがちであると思われたのでございます。

いうまでもなく、「信じる」は動詞でございます。ですから、私たちの行為を表す言葉になります。行為ということは、本来「信じる」は、私たちが自ら考え、選択し、決意して起こす「行動」を意味する言葉なのでございます。

うまく説明できますか定かでございませぬが、「私のことを信じる？」という問いに対する答えで譬えますのなら、その人がすごく大好きな恋人ですから「信じてるよ」と、今その人に気を許せているからという点を根拠に陳べるケースが増えておりますが、それはそれとして、単なる現在の心境等の描写のみでなく、自分はきちんとその相手を「信用しよう」という意志を持っていますのか、つまり、自ら気持ちを奮い立たせて「信じる」という行為を行っていますのか、という観点が、この問いかけに対し責任を以て返答いたしますためには必要となるのでございます。

その意味で、責任を以て言葉を発します限り、「信じる」というのは「愛する」に匹敵いたします、とても深い信念を表す言葉なのだと、改めて思い知らされました。尤も、責任を以て発しますのならば、どんな言葉でも、同じような深淵な働きを有するのでございましょうけれども。

そこで、今作では、「信じる」の動詞としての特性に注視しながら、物語を綴っていくことにいたしました。そのため、「信じる」の対象として象徴的な「神」と「愛」の二つを話筋の軸に据え、一方では、そのままでは、現代日本では照れ臭いような誤解を与えそうなちょっと扱いにくい題材でもございましたので、古代末期から中世初期の時代に仮託いたしまして、東国の鄙びた里を舞台に、伝承文学的な文体を意識しながら描くことになりました。と申しましても、本作の背景には、既に廃版となりました拙稿『碧天』～夢の巻～の一節「櫻花の俤」という作品がございますため、万々が一、奇跡的にも同作をご存知の御方様に違和感がございませぬように、なるべく話が矛盾を起こしませぬよう一定の枠組みが与えられていた、という事情もございますが。

そうした本作を、ある方は擬古小説だと仰りました。ある方は、伝奇小説であると仰ります。またある方には、ファンタジーと呼ばれます。なるほど、と受けとめつつも、私自身は特にジャンルにはとらわれますつもりもございませぬが、敢えて申し上げますのならば、それは「宗教小説」なのではないかと、今考えているのでございます。

社会が飛躍的に拡大し充実していきます中で、人間は自我を大きく伸長してまいりました。自我は大切なものでございます。しかし、この自我に偏重いたしますあまり、私たちはいつから「人としての謙虚さ」を見失ってしまったのでございましょう。

改めて付しますまでもなく、人権や個性は、尊重されるべき重要な自我と申せます。とはいえ、あまりにも自己中心的で独善で、いわば自己主張した者勝ち、声の大きな者得な昨今の風潮は、人間として如何なものでございましょうや。身勝手で我儘なありようを優先させました挙句、その陰で泣いておられます、本来は「同じ重さ」を認められますべき方々のご存在を踏みにじりましたままで、果たして私たちの社会は、この先より良い方向へ進んでいくといえるのでございましょうか。

ここで申します「宗教的」とは、一宗一派の信仰や教義にはこだわっておりませぬ。況や、その書き手が何らかの宗旨宗派に属しているといたしましても、それは信仰の自由から申し上げまして否定されるべきではないでしょう。ただ、そうしたいずれかの教団や信仰集団の教えを一般の人々に対して説き伏せる、要するに宣揚いたしましたり布教いたしましたり勧誘いたしましたりしますだけが、宗教文学の存在目的なのではございませぬ。

例えば、海外では、ダンテやゲーテ、ドストエフスキーといったお名前を挙げますまでもなく、この分野に属し得ます作品群は、非常に一般的な文芸作品のジャンルのひとつとなっております。それは東洋でも同様で、日本でも、近代のキリスト文学者には高名な人気作家もたくさんおいでですし、古典作品でも、仏教の説話や無常観、末法思想など、宗教的な思想の影響は省きがたく見受けられまして、寧ろ、そうした思想を無視して通読してしまいますと、その作品から何の意味も汲み取っておりませぬのに等しいような、乾いた感想が残るだけであったりするほどでございます。

「宗教文学」とジャンル分けされ名づけられてはおりましても、それらは大抵が、ごく普通の作品としての扱いを受けております。こうした作品は、それを通して、必ずしもどこかの宗教や教祖の教えを「外側」にいます人々に勧め教化するためではなく、寧ろ作者がその「内側にいる自分自身」として、世の中や社会また人生などに対し、考えや感じますことを陳べる点に主眼を置いているのでございます。だからこそ、私たちはその教義を知りもせず、あるいはその宗旨に反対すらしていたといたしましても、その作品を読み、味わい、そこから学びとることができ、楽しめるのでございましょう。

私たち人間は、自分たちが主体である、あるいは自分たちしかいないという視点に立った場合に、とかく「自分たちさえよければ」という感覚に陥りがちなところがございます。しかし、そのまま突き進み続けますと、やがてはその自分たちさえも包み込んで、より広範で大規模な不幸を引き起こしてしまうことが多々ございます。戦争、暴動、弾圧、虐待、いじめ、摩擦、経済苦、貧困、飢餓、病苦、等々然り。

そうした、ある種の欲に対する「弱さ」をも内包します私たちにとりまして、「人間だけ」という観点から物を考え判断いたしますのは、非常に危険を孕んでいるとも申せましょう。そうした際、何らかの「宗教的」な見地に立ちまして物事を捉え直してみますのは、私たちを再び「道徳的」あるいは利他的と申しますか、他にも関係するものがたくさんあるのだという「冷静」な立ち位置に引き戻してくれますのに役立つものでございます。

繰り返しますが、「宗教的」と申しましても、一宗一派の教祖や霊的存在に対する帰依とは限りませぬ。ひろく神や仏といった超越的存在、精霊や妖精など超自然的な存在、また創造主や天使、更には祖先、あるいは大地や宇宙、森羅万象をも含み併せました、何らかの「貴く、畏れを感じる存在」に対して人類のあるべきようを考えていくことについて申し上げております。それは、愛する人や多数派、あるいは夢や権威などを対象にそれらを追窮いたします、世の多くの作品にも勝るとも劣りませず、人間の生き方やあらゆる価値について考察します「文学」の持つ、非常に原初的なテーマなのでございます。人間が太古の昔から、何とはなしに畏れたり敬ったり、あるいは求めたりしてまいりました対象のひとつとしての「何ものか」に対する信念、あるいは、その「何ものか」を前にした時の現実の私たちのありようの「反省」としての思考を著していきますことは、人間だからこそ為し得ます非常に人間らしい営みであるとも申せましょう。

なお、付言いたしますと、仮にその著作中で出ました一応の「答え」を、読者様や誰かに対して押しつける必要もないと思うのでございます。却って、それは望ましくないと存じます。ただ、考えてみますこと。それも、できるだけ真剣に。一体、面倒なことには、触れなければよいのか。避けて通りますと、確かに暫くは心安く過ごせますけれども、それで、本当に大切なものを守れることになりますのか。昨今の風潮の中で、私どもはつい、そうした真剣な文筆を遠ざけがちになっていますのではないかという、書き手側による反省でもございます。

扨て、私如きの愚昧さが、そうした壮大な目標に触れられたかと申しますと疑わしい限りですけれども、宗教と呼ばれます哲学の基本にその「存在性」に対します「信仰」という問題が不可欠なのだといたしましたら、人が何かを「信じる」心を起こすことの難しさ、あるいはその厳しさ、またそれを自らの都合によって采配する危うさを描きました本作は、宗教小説または信仰的思想哲学随筆（笑）の萌芽とも呼べる作品ではあるのかもしれない、と感じました次第にございます。

本音を申しますと、平成の半ばに初めて下書きをいたしました当時は、某教団によりますテロ行為の被害者への想いが心にございまして、また9・11をはじめといたします世界各地での暴挙や暴動の複雑な原因に対する悲しい気持ちが胸を占めておりました。被害者がお気の毒でいらっしゃるのは勿論でございます。でも、加害者を含め、傍観者である私たち自身をも併せて何とかしていきませぬと、こうした悲惨な出来事の跡を絶つことはできないのではないか、という痛切な想いを日々噛み締めておりました。

その後、いわゆる「宗教二世」の問題や、宗教法人によりますお金や性の問題も取り沙汰されますようになり、一層深く憂慮いたします気持ちが湧くようになっております。

いずれにせよ、対象が何であれ、「信じる」というのは、難しく、唯一の答えなどはないものでございましょう。それでも、人は「信じる」ことで、その関係性が始まっていく存在でございます。解らない、難しい、……それでも、最後の最後に、ひとつでも信じ通せたと言えます人生は、きっと〝幸せ〟といってもよいのでございましょう。本作で、何より、困難に面しても「信じ抜く」ことの〝尊さ〟について描き残せておりましたなら、執筆家冥利に尽きる次第に存じます。

真澄鏡　碧きみ天の隈無きを
　天翔けぬべし　君がみ許に

皇紀貳阡陸佰捌拾肆年（令和六年）晩秋　神有月吉日
大島　菊代　拝

追筆

此のたびも数多の方々のお心尽くしとお力添えの果てに、執筆ならびに拙著の上梓が叶いました。支えていただきました文芸社の皆様、就中《なかんずく》編集の宮田敦是様には章分けと各章題をお付けいただくなどご助力を賜り、読み易くしていただけましたかと存じます。また、見守ってくださりました諸先生方、有難き友人・知人、それぞれのご専門の筋には、篤く感謝申しあげます。

末筆乍ら、この拙き本を手にしてくださりましたすべての皆様に奇しきご縁を謝し、ご多幸を心よりお祈り申しあげております。

著者プロフィール

大島 菊代（おおしま きくよ）

山城地方出身で登下校時には紫式部の像とにらめっこ。とはいえ拝んでみても文章力は現状この程度。それでも日本語とやまと言葉ならびに童謡や唱歌の継承運動をささやかに展開中。そのためか久石譲氏とエンヤ女史の音楽を愛し麻衣ちゃんの歌声に憧れる。これまで『碧天～夢の巻～』（碧天舎)、『碧天～鎮魂の巻～』（文芸社）ほか、寡作ながらも古典や和歌の素養を踏まえ、いのちの優しさと祈りに溢れた独特の作品群を上梓する。

碧《あおき》 天《みそら》 ～樹《いつき》の杜《もり》の神子《みかんこ》～

2024年11月15日　初版第１刷発行

著　者　大島 菊代
発行者　瓜谷 綱延
発行所　株式会社文芸社
〒160-0022　東京都新宿区新宿1－10－1
電話　03-5369-3060（代表）
03-5369-2299（販売）

印刷所　株式会社フクイン

ISBN978-4-286-25734-1